»Die Menschen lügen. Alle« – so steht es im Psalter des Alten Testaments, jener Sammlung von Hymnen, von Preis- und Dankliedern, von Klage- und Vertrauensliedern. Die Psalmen sind ›moderne‹ Gedichte, ihre Poetik ist der Dynamik des Lebens abgelauscht. Auf der ganzen Welt werden die Psalmen gelesen, gebetet oder gesungen. Über Jahrtausende hinweg sprechen uns viele der Texte noch unmittelbar an. Selten sind Leben und Literatur eine solche Einheit eingegangen wie in den Psalmen.
Arnold Stadlers Übertragungen zeugen von der Faszination, die das Buch der Psalmen seit über 3000 Jahren bis heute auf Dichter, Leser, Betende und Sänger ausübt.

Arnold Stadler, geboren 1954, studierte katholische Theologie und Germanistik. 1986 promovierte er mit der Dissertation *Das Buch der Psalmen und die deutschsprachige Lyrik des 20. Jahrhunderts.* 1998 erhielt er den Marie-Luise-Kaschnitz-Preis und 1999 den Georg-Büchner-Preis.

insel taschenbuch 3112
»Die Menschen lügen. Alle«

»Die Menschen lügen. Alle« und andere Psalmen

Aus dem Hebräischen übertragen
und mit einem Nachwort versehen
von Arnold Stadler
Mit einem Essay von Wolfgang Frühwald

Insel Verlag

Umschlagabbildung:
Alexej von Jawlensky. Symphonie in Rosa. 1929.
Frankfurt am Main, Städelsches Kunstinstitut.
Foto: Ursula Edelmann / Artothek.

6. Auflage 2019
Insel Verlag Berlin

Erste Auflage 2005
insel taschenbuch 3112

Vertrieb durch den Suhrkamp Taschenbuch Verlag
Umschlag nach Entwürfen von Willy Fleckhaus
Satz: Memminger MedienCentrum AG
Druck: Druckhaus Nomos, Sinzheim
Printed in Germany
ISBN 978-3-458-34812-2

INHALT

FÜR MARTIN UND KÄTHE WALSER

INTROIBO

Das Wort ›aschrej‹ ist das erste Wort im Buch der Psalmen. Während fast alle anderen Psalmen eine Überschrift oder wenigstens einen Autorennamen (oft: ›l'David‹ – ›von‹ oder ›für‹ oder ›zu‹ David?) vorausschicken, kommt das ›aschrej‹ daher, als ob es in einem Wort alles sagen wollte, als ob es selbst die Überschrift des ganzen Buches der Psalmen, ja der heiligen Schrift sei oder sein wolle. Es ist ein Wegweiser-Wort. Das Wort ›aschrej‹ wurde im Deutschen u.a. mit ›wohl‹, ›gepriesen‹, ›selig‹, ›glücklich‹, ja mit ›Heil‹ wiedergegeben. Celan jedoch nennt das Wort ›aschrej‹ in seinem Gedicht ›Wenn ich nicht weiß, nicht weiß‹ (*Fadensonnen*, 1968)

›aschrej, ein Wort ohne Sinn‹,

was nicht ›sinnlos‹ bedeutet, vielleicht aber ›heillos‹, ein Irrewerden an diesem einen Wort. Während ich auf das Wort ›aschrej‹ erst spät stieß, damals, als ich die heilige Schrift als Texte zu lesen, zu verstehen und zu ›übersetzen‹ begann (die heilige Schrift also aufhörte, eine solche zu sein), waren mir drei andere Wörter aus dem hebräischen Ursprungstext des Buches der Psalmen fast von Anfang an vertraut, ja: zu meinen eigenen Wörtern geworden: Hosianna, Halleluja, sela. Ich wußte gar nicht, daß diese Wörter aus dem Buch der Psalmen waren, ja, ich wußte wahrscheinlich nicht einmal, daß es ein solches Buch gab.
Das war in meiner Introibo-Zeit, wie ich die Zeit meiner Ministrantenjahre bezeichne: Introibo: auch ein Wort aus den Psalmen; und das erste Wort der alten heiligen Messe bis zu ihrer *Abschaffung* in ihrer lateinischen Form durch das Zweite Vatikanische Konzil. Vielleicht wurde hier an der falschen Stelle rationalisiert. Der Priester begann:

INTROIBO AD ALTARE DEI
(›Zum Altare Gottes will ich treten‹)

und ich, sechsjährig, antwortete in Proskynese an den Stufen des Altars, vornübergebeugt, es war in aller Herrgottsfrühe:

AD DEUM QUI LAETIFICAT IUVENTUTEM MEAM.
(›Zu Gott, der mich erfreut von Jugend auf‹)

Jung war ich, das ist wahr, und ich verstand den auswendig aufgesagten Vers aus Psalm 43 (nach der Zählung der Vulgata, der lateinischen Version der Bibel, die für die katholische Kirche bis in die jüngste Zeit hinein quasikanonischen Rang hatte: 42) gar nicht. Oder doch? Denn ich kann mich noch erinnern, daß ich die Worte, die ich auswendig hersagte, eher hermurmelte, als außerordentlich schön empfand, auch wenn ich sie nicht verstanden haben sollte. Es war das erste Mal, daß ich auf die Schönheit von Sprache stieß, auf dieses Geheimnis. Das erste Gedicht, das ich auswendig lernte, war in einer Sprache, die ich nicht verstand, das weithin aus Psalmen bestehende lateinische Stufengebet der römisch-katholischen Kirche. Es waren Psalmverse.
Es gab damals in unserem Dorf vielleicht drei Beerdigungen im Jahr, und manchmal assistierte ich unserem Priester, dem unvergessenen Andreas Dahringer aus Muggensturm, auf unserem Friedhof: ich hörte ihn (höre ihn) das DE PROFUNDIS sprechen, auf deutsch, den ganzen Psalm 129 (heute: 130), von ›Aus der Tiefe, o Herr, ruf' ich zu dir: höre, o Herr, meine Stimme!‹ an. Mich bewegte ›meine Seele hofft auf sein Wort. / Meine Seele erwartet den Herrn, / mehr als der Wächter das Morgenrot‹, ohne daß ich gewußt hätte, warum. Ich vernahm, daß es einen Gott gab, der ansprechbar war, wenn auch aus der Tiefe. So bekam ich gesagt, was für

ein Mensch der Mensch ist und wie vergänglich er ist, einmalig und vergänglich. Gott: zwar ansprechbar, doch aus der Tiefe – und nicht ›kumpelhaft‹ auf Du und Du. – Wie an Allerseelen und in der Karwoche konnte ich auch am Grab den Psalm 50 (heute: 51) hören: ›Wasch mich! / und weißer glänz' ich als der Schnee‹. Vor allem diese Bitte faszinierte mich. Es war eine Sehnsucht, die hier Sprache wurde, glaube ich. Später las ich die niemals mitgebetete Überschrift dieses Psalms: ›Ein Psalm Davids, als der Prophet Natan zu ihm kam, nachdem sich David mit Batseba vergangen hatte‹ (EÜ: Einheitsübersetzung). Das konnte freilich nicht vorgelesen werden, denn damals ging es ja nicht um Privatlektüre oder Bibelstudium, sondern um das lebendige Wort. Es war wohl ein guter Anfang, auf diese Weise den Psalmen zu begegnen, sie hatten ihren Platz im *Leben*. Ganz ähnlich wie einst in Jerusalem. Das Aufschreiben war ja etwas Nachträgliches, zur Not, für spätere Zeiten. Und erst das Lesen! Das war den Protestanten überlassen, vor allem der Psalm 23, eine Privatangelegenheit, an die sich ein katholisches Kind von einst nicht erinnern kann. Und doch gilt nun ›Der Herr ist mein Hirte‹ als ein Psalm schlechthin.

In meiner Introibo-Zeit hatte ich vom Ursprung dieser Lieder und Gebete, die das Jahr schön, d.h.: anschaulich machten und ihm, zusammen mit Weihnachten, der Fastenzeit und Ostern, mit den Jahreszeiten, der ersten Erdbeere und dem ersten Schnee eine Form gaben, keine Ahnung. Ich dachte, die Psalmen gehörten mir. Oder, wenn schon nicht mir, so doch wenigstens dem Papst.

Keine Ahnung hatte ich davon, daß unsere fromme Kirchenhymne ›Ein neues Sion leuchtet‹, die ich inbrünstig mitsang, etwas mit einem alten Sion zu tun hatte. Ich wußte gar nichts von einem alten Sion, so sehr war es dem neuen gelungen, das alte aus dem Kinderherzen zu löschen. Das ›neue Sion‹

war auf meinem Kommunionbildchen zu sehen, das ich in meinem ›Magnifikat‹, wie das Gebet- und Gesangbuch der Erzdiözese Freiburg hieß, aufbewahrte, ja hütete. Es leuchtete wirklich: in einer Aureole war der Vatikan zu sehen, erhöht in einem Glanz ohnegleichen, alles war Licht und Herrlichkeit, die Kuppel von Sankt Peter schien geradezu beweisartig. Derart leuchtete das neue Sion, ohne daß ich vom alten etwas gewußt hätte. Und doch: ich wüßte vielleicht gar nichts vom alten Sion, wenn nicht über die Vermittlung der Kirche, die sich ja, nicht nur über dieses gar nicht harmlose Kommunionbildchen, als ›neues Sion‹ sah und darstellte. Und von den Psalmen des alten oder eigentlichen Sion wüßte ich vielleicht auch nichts, wenn nicht die Vermittlung über Rom gewesen wäre, das die gesamte Heilige Schrift samt den Psalmen an sich nahm (an sich riß?), sich selbst als Erbin ausrufend und zur rechtmäßigen Alleinbesitzerin des von ihr so genannten ›Alten Testaments‹ erklärend. (Und dann wurde bald ›Für die Bekehrung der Juden‹ gebetet, einmal im Jahr. Das war in den ›großen Fürbitten‹ am Karfreitag, damals, als für alle Abgefallenen, Ungläubigen und Verstockten auf der ganzen Welt gebetet wurde, auch in unserem kleinen St. Michael, auch noch in den sechziger Jahren, in Deutschland zu meinen Zeiten.) Doch das ist ein anderes Kapitel.
Vielleicht gibt es auch hier, wie ja auch sonst im Leben, zwei – oder sogar noch mehr – Erben. Und wenn diese einander gelten ließen, so wäre dies das Schönste.

תהלים PSALMI

אשרי האיש אשר לא הלך בעצת רשעים
ובדרך חטאים לא עמד ובמשב לֵצים לא ישב

[Ps 1,1]

שָׁוְא ידַבְּרו איש את רעהו

[Ps 12,3]

עתה אקום יאמר יהוה

[Ps 12,6]

כל האדם כֹּזב:

[Ps 116,11]

כל הנְּשָׁמה תהלל יה
הללויה:

[Ps 150]

PSALM 1

Wunderbar der Mann,
der nicht aufs Volk hört,
den Leuten nicht nach dem Maul redet
und am Stammtisch bei denen herumsitzt,
die immer alles besser wissen.
Das ist ein Mann, der nichts als Freude hat
am Herrn, der ihm den Weg weist,
Tag und Nacht.

Er wird ein Baum sein,
direkt am Wasser.
Er wird zur rechten Zeit seine Früchte
tragen.
Seine Blätter werden nicht welken.
Wo er steht, steht's gut um ihn.

Dagegen die Vergeblichen:
Sie sind nichts als Spreu,
vom Wind verweht.
Daher werden die Abwegigen nicht stehen
in der Reihe der Aufrechten, beim Gerichtstermin,
von wegen jene, die ganz abgekommen sind,
wenn Richttag ist.
Denn den Weg der Aufrechten richtet
und weist der Herr,
der Weg der Verirrten hingegen
führt von selbst zum Abgrund.

Warum toben die Heiden?
Und warum taugt das, was sie sich ausdenken, gar nichts?
Da stehen die kleinen Herren dieser Welt auf
und tun sich zusammen gegen den Herrn des
Universums! und gegen seinen Gesandten, den Messias.
›Wir sind frei! Wir brauchen keinen Gott. Wir
brauchen diese Verbindung nicht!‹
Da kann *der Ewige* doch nur lachen!
Dann aber wird er vielleicht doch zornig
über dieses Pack,
das Dreckpack wird er wissen lassen, was es heißt,
ihn zu verneinen.
›*Ich* war's, der *seinen* König eingesetzt hat!
Er ist *mein* König – und der Zion ist
mein heiliger Berg!‹
Und nun will ich allen noch etwas sagen, ich
weiß es von *ihm*: er sagte zu mir:
›Mein Sohn bist du.
Heute habe ich dich gezeugt.
Du kannst verlangen von mir, was du willst,
die Völker zum Beispiel oder das Ende der Welt.
Du kannst sie mit einer Eisenkeule zerschlagen,
nicht viel mehr sind sie als Steinzeug,
es wird ein Scherbengericht aus ihnen.‹
Also, ihr anderen! Laßt euch warnen!
Seht, was ist! Ihr, die ihr heute das Sagen habt,
kommt zur Besinnung!
Unterwerft euch dieser Einsicht, damit ihr nicht
als Unmenschen endet und gedankenlos untergeht!
Um ein Haar seid ihr verloren!
Selig alle, die auf ihn bauen!

PSALM 3
(Ein Psalm Davids, als er vor seinem Sohn Absalom floh)

Herr, meine Feinde kann ich nicht mehr zählen,
und auch jene nicht, die nun gegen mich
marschieren.
Wie viele sagen nun schon:
›Der wird doch keine Hilfe bei Gott finden!‹
Sela.
Doch du bist
meine Verteidigung und auch meine Ehre.
Ich kann aufrecht gehen auf dem Grund, der du bist.
Laut habe ich
zum Herrn hinaufgerufen.
Er hörte mich von seinem heiligen Berg
herunter.
Sela.
Ich lege mich ins Bett.
Ich kann schlafen.
Und aufwachen, getrost.
Denn ER hält Wache über mich.
Die tausend Krieger, die mich umzingeln,
fürchte ich nicht.
Auf, Herr!
Gott! Hilf mir jetzt!
Denn du hast doch schon
all meinen Feinden
den Schädel eingeschlagen und
die Zähne dazu.
Ja,
beim Herrn findet man Hilfe.
Und auf dein Volk komme Segen.
Sela.

PSALM 4

Wenn ich rufe,
höre mich doch! Gott, du mein Retter!

Als ich am Ersticken war,
hast *du* mich beatmet, hast *du* mich
wiederbelebt.
Du warst mein Atem.
Hör mich also noch einmal,
verzeih die Bettelei und höre mich an!

Ihr Gewaltmenschen!
Wie lange noch wollt ihr mir ans Leben? und
warum lebt ihr zum Schein,
warum euer Lügenleben?
Sela.
Ihr könnt es doch sehen:
Es ist ein Wunder, wie er den Seinen hilft.
Ja,
er ist es, der mich hört, wenn ich schreie.
Laßt euch aufrühren, kommt zu euch,
geht in euch,
werdet still!
Sela.
Bringt wahre Opfer:
setzt eure Hoffnung auf ihn.
Denn ich habe gehört:
Wer hilft uns schon zum Glück!
Herr, zeige dich uns in deinem Glanz.
Und du wirst uns eine größere Freude
ins Herz legen als andere, die
Freude bei Brot und Wein im Überfluß haben.

Ich werde mich getrost hinlegen
und einschlafen.
Dies ist mein Nachtgebet:
Du allein läßt mich in Frieden
schlafen.

PSALM 5
Ein Psalm Davids

Hör, was ich sage, Herr,
schau, wie ich weine,
Sieh dir an, wie es mich
zerreißt,
König und Gott,
derart bin ich außer mir,
Herr!
Es ist morgen, da hörst du meinen ersten Ruf,
wenn ich mein Opfer richte und aufschaue,
so, wie es recht ist. Wo du wohl bist?
Denn du bist ein Gott, der will,
daß alles seine Ordnung hat.
Einen Bösartigen in deiner Nähe duldest du nicht.
Wer groß tut,
wird vor deinen Augen zusammenfahren.
Dein Haß trifft alle, die sich vergreifen.
Das Lügenmaul wird gestopft.
Mörder und Betrüger sind das Furchtbarste
für ihn.

Doch ich darf zu dir kommen.
Du bist so gut zu mir.
Ich werde niederfallen vor dir
und vor deinem heiligen Tempel.
Sei du mein Wegweiser!
Vergiß ihre Widerhaken, sag ich mir.
Aus ihren Mäulern kommt kein wahres Wort.
Und wie sieht es drinnen aus?
Dort ist das Reich der Verderbnis.
Ihr Rachen ist ein offenes Grab.

Auf ihrer Zunge rutscht man aus.
Herr, strafe sie für alles!
Sie werden an sich selbst zugrunde gehen.
Richte auch du sie zugrunde mit ihren Verbrechen.
Denn die da richten sich gegen dich,
ein für alle Mal, weg mit ihnen!
Doch alle sollen aufleben, deren Gott du bist.
Jubeln sollen sie auf immer und ewig.
Sorge du für den Schutz von allen,
die zu deinem Namen stehen.
Dann wirst du gerühmt auch weiterhin.

Denn du, Herr,
hältst deine Hand über einen Menschen,
der gerecht ist.
Deine Gnade vergleiche ich einem Schutzschild.

PSALM 6

Herr,
strafe mich nicht in deinem Zorn,
und züchtige mich nicht in deinem Grimm.
Gnade, Herr!
Ich bin ganz unten.
Hilf mir!
Ich falle auseinander.
Meine Seele ist krank, schwerkrank.
Wie lange willst du noch warten?
Komm endlich, Herr, und rette mich!
Mir ist schon geholfen, indem du dich zeigst.

Wer wird schon bei den Toten
an dich denken!
Kein Mensch wird dich dort unten
preisen.
Ich bin zerstört, am Boden, nur noch Tränen,
Tränenbäche. Mein Bett schwimmt in Tränen.
Meine Augen sind trüb geworden
und ich bin alt geworden.
Wegen all der Tränen und Feinde.

Weg mit euch, falsche Brut!
Der Herr hat es gehört,
wie ich aufgeschrien habe.
Er hat gehört, wie ich verzweifelt nach ihm rief.
Mein Notruf kam bei ihm an.
Und nun heißt es
Schande und Untergang
für all meine Feinde.
Sie trudeln und straucheln und
fallen um.

PSALM 8

Herr, unser Herr, wie wunderbar
ist dein Name auf der ganzen Welt!
Auch oben, im Himmel, bist du mit deiner Hoheit.
Selbst das Geschrei von Säuglingen
ist noch Lob, ein Ja-Sagen zu deiner Schöpfung.
Den Atheisten verschlägt es die Sprache.

Wenn ich zu *deinem* Himmel aufschaue,
zum Mond und zu den Sternen,
die du da festgemacht hast:
Was ist der Mensch, daß du an *ihn* gedacht
hast? Dieses Menschenkind, daß du es *machen* läßt?
Du hast den Menschen fast gottgleich gestaltet,
mit Glanz und Herrlichkeit hast du ihn gekrönt,
hast ihn als Herrscher eingesetzt über deine Schöpfung:
du hast sie ihm zu Füßen gelegt.
Alles, was ich sehe,
alles, was lebt auf dem Land,
in der Luft und was
seinen Weg im Meer sucht,
alles hast du ihm zu Füßen gelegt.
Herr, unser Herr, wie wunderbar
ist dein Name auf der ganzen Welt!

PSALM 12

Ach,
hilf doch, Herr!
Es gibt bald keine Menschen mehr,
bald gibt es nur noch Unmenschen.
Einer lügt dem anderen ins Gesicht.
Doppelzüngig und doppeldeutig reden sie.
Der Herr soll sie ausrotten, alle!
Jedes Maul, das vermessen daherredet.
Das sagen sie sich wohl:
›Durch unser Maul sind wir mächtig – – –
Unser Gerede ist unsere Stärke.
Es gibt keinen, der uns da überlegen ist!‹
Und so werden die Schwachen kleingehalten,
die Armen läßt man vor die Hunde gehn.
Daher sagt sich der Herr:
›Jetzt reicht's! – – – Ich will den retten,
gegen den man derart geifert!‹
Sein Wort ist Gold.
Es ist siebenmal geläutert.
Keinerlei Schlacken.
Feuergeprüft.
Wie Silber.
Er wird unser Hirte sein.
Er wird uns vor solchen Menschen
für alle Zeit verschonen.
Auch wenn diese Gauner frei herumlaufen,
jetzt noch,
und die Gemeinheit größer wird,
vorerst,
unter den Menschen.

PSALM 15

Herr,
wer darf in deiner Nähe sein?
Wer bei dir auf deinem heiligen Berg?

Jener,
der lebt, wie es recht ist.
Der aus ganzem Herzen die Wahrheit sagt.
Der niemals einen Menschen verleumdet.
Der seinen Freund sein läßt
und seinen Nachbarn auch.
Der den Verwerflichen links liegen läßt,
aber allen, deren Gott der Herr ist,
zugeneigt ist.
Der die Zusagen,
die er seinen Menschen gab, hält.
Der sein Geld nicht auf Wucher ausleiht
und sich nicht bezahlen läßt
zum Schaden der Schuldlosen.

Wer all dies beachtet,
der wird nicht untergehen.

PSALM 22, 2–27

Mein Gott,
mein Gott,
warum hast du mich verlassen!
Warum bist du fern
meinem Schreien und Klagen, meinem Aufschreien,
meiner Sprachlosigkeit!
Mein Gott!
Ich schreie! wenn es hell ist, und du hörst mich nicht,
wenn es dunkel ist, und du antwortest mir nicht.

Und doch bist du *der Heilige*, der Lebendige,
der über den Liedern Israels wohnt.
Auf dich setzten unsere Väter ihre Hoffnung.
Sie hofften auf dich und kamen davon.
Zu dir hin schrien sie und wurden befreit.
Dir trauten sie und wurden nicht beschämt.

Doch ich, ich bin ein Wurm.
Kein Mensch.
Die Menschen – lachen mich aus.
Das Volk – verachtet mich.
Alle, die mich sehen, lachen,
entrüsten sich, lassen sich aus:
der soll seine Sorgen auf Gott abschieben!
Sein Gott soll ihn herausreißen!
Er soll ihn befreien, wenn er ihm zusagt!

Ach,
du bist es doch, der mich
aus dem Bauch meiner Mutter gezogen hat! der mich
daheimsein ließ an der Brust der Mutter.

Vom Licht der Welt an bin ich auf deinem Boden
Vom Bauch der Mutter an
bist du mein Gott.

Sei nicht so fern!
Ich liege im Dreck.
Keiner hilft mir.
Sie haben mich umzingelt.
Der Mob hat mich eingekreist.
Sie haben ihre Mäuler aufgerissen.
Sie sind schlimmer als Bestien.
Und ich – bin wie Wasser,
hingeschüttet.
Meine Knochen sind wie aufgelöst –
Mein Herz?
Ist in mir zerflossen. Wie Wachs.
Meine Kehle? Ausgetrocknet, eine Scherbe.
Die Zunge klebt mir am Gaumen.
Du hast mich in den Staub des Todes gelegt!
Hundevolk umlagert mich, eine ganze Meute.
Sie haben mir Hände und Füße durchbohrt.
Ich kann all meine Knochen zählen.
Ihr Blick herrscht über mich.
Sei teilen meine Kleider unter sich auf,
werfen das Los über meine Sachen.

Und du, Herr!
Hilf doch!
Schreite ein!
Du,
meine Stärke,
komm jetzt!

Rette mein Leben vor ihrer Mordlust, das einzige,
das ich habe, vor der Gewalt dieser Hände!

Rette mich,
vor dieser Todesmaschine,
vor dieser Zerstörungswut,
rette mich!

Ich werde deinen Namen weitersagen!
Vor dem Rest der Welt dich preisen!

Die ihr von Gott wißt, rühmt ihn!
Alle ihr von Jakob her, preist ihn!
Laßt euch erschüttern, ihr Nachkommen Israels!

Denn *er* hat das Elend des Armen nicht übersehen.
Er hat sich nicht vor ihm versteckt.
Er hat auf sein Schreien gehört.

Vor allen will ich nun deine Treue preisen.
Vor den Seinen will ich nun tun,
was ich versprochen habe:
die Armen sollen essen und satt werden.
Den Herrn sollen finden, die ihn suchen,
und aufleben soll euer Herz,
für immer!

PSALM 23

Er ist mein Hirt.
Und mir fehlt nichts.
Er gibt mir Licht und Leben.
Es ist wie am Wasser.
Er stillt meinen Durst.
Er sagt mir, wie's weitergeht.
Er ist der Gott, auf den ich
hoffte.

Auch dann, wenn ich durch eine Nacht
muß (meine Nacht),
gerade dann habe ich keine Angst.
Vor nichts.
Denn es ist einer bei mir:
und das bist Du.
Du gehst mir voraus.
Das ist meine Hoffnung.
Du deckst mir den Tisch.
Meine Feinde sehen es
und können nichts machen.
Du machst mich schön.
Es ist ein Fest!
Und so wird es weitergehen,
solange ich am Leben bin
und sein darf,
bei IHM.

Der Herr ist mein Licht und mein Heil – – –
Wen soll ich fürchten?
Der Herr ist der Grund meines Lebens – – –
Vor wem also noch Angst?
Überfallen mich Menschen wie Ungeheuer
um mich zu verschlingen,
mögen es Feinde wie Monster sein:
sie werden abprallen und
nur so wegkippen.
Und wenn es ein ganzes Heer wäre:
Mein Herz würde nicht kapitulieren.
Und wenn mir der Krieg erklärt würde:
Ich wäre voller Hoffnung wie mein Herz in mir.

Nur darum bitte ich,
nur eines will ich von ihm:
bei ihm zu sein, solange ich hier bin.
Ihn will ich sehen. Ihm nah sein in seinem Haus.
Denn:
bei ihm bin ich gut aufgehoben,
wenn Unheil droht.
Er hält die Hand über mich.
Er nimmt mich auf seinen Felsen.
Da kann ich hinausschauen
über jeden Unmenschen hinweg.
Sie sollen mich ruhig umzingeln!
Ich will ihm solange opfern und
dabei jubeln.
Ich will vor dem Herrn singen und spielen.

Höre mich also,
wie ich nach dir schreie.
Dreh dich um,
höre mich jetzt!
Ich denk doch nur an dein Wort:
›Sucht mich!‹
Ja,
Dich will ich
suchen.
Ja, ich will zu dir.
Zeig dich doch!
Laß mich nicht fallen!
Du bist doch mein Retter!
Verstoß mich nicht, verlaß mich nicht,
du Gott meines Lebens.
Alle verlassen mich – – –
wenn auch Vater und Mutter von mir gehen,
wirst du noch da sein für mich.
Sag mir, was aus mir werden soll.
Sei du mein Leuchtturm.
Was sollen die Meeresungeheuer!
Überlaß mich nicht der Meute! Es gibt Lügenmäuler,
die gegen mich arbeiten und wüten.
Und doch bin ich felsensicher, daß ich sehen
werde:
den Herrn, wie er lebt, ja,
ich werde alles in allem sehen.
Setz all deine Hoffnung auf ihn.
Nur Mut! Nichts als Hoffnung! Die ganze Hoffnung
Ihm!

Dich rühmen will ich:
Herr.
Mich aus der Tiefe gezogen hast du;
vom Abgrund weg läßt du die Ungeheuer, die Menschen
nicht über mich triumphieren.
Als ich zu dir schrie,
hast du mich gerettet.
Du hast mich aus dem Raum des Todes gerissen.
Du hast mich von denen weggenommen,
die dem Tod geweiht sind.
Du hast mich auf die Seite des Lebens gestellt.

Nun singt und spielt dem Herrn!
Ihr, denen er heilig ist, rühmt ihn.
Denn seine Wut ist wie ein Augenblick,
seine Zuneigung wie Leben.
Am Abend weine ich vielleicht noch.
Am Morgen juble ich schon wieder.

Einst schien ich sicher in meinem Glück.
Ich glaubte mit beiden Füßen auf dem Boden zu
stehen.
Ja, du hattest mich wie auf einen Felsen
gestellt.
Doch plötzlich warst du weg – – – ich
bekam Todesangst.

Ich schrie ›Hilfe!‹ – – – ›Gnade!‹
und meinte Dich.
Dann sagte ich zu ihm:
Was nütze ich dir,

wenn ich begraben bin?
Kann denn Staub ein Loblied singen
auf dich?
Kann er dein Leben bezeugen?
Hilfe!
Gnade, Herr!

Du hast meine Klage in ein Lied verwandelt.
Du hast mir die schwarzen Kleider ausgezogen.
Du hast aus mir eine Freude gemacht.
Also singe ich
mit meinem Herzen: Alles singt für dich.
Herr,
mein Gott,
eine Ewigkeit danken
will ich dir.

PSALM 31

IN TE DOMINE SPERAVI
NON CONFUNDAR IN AETERNUM

Ja:
auf dich habe ich gehofft
Laß mich nicht untergehen,
in alle Ewigkeit nicht.
Rette mich!
Bist du nicht gerecht?
Hör mich!
Komm doch endlich!
Sei mein Fels und mein Rettungsanker!

Du bist mein Kompaß und mein Leuchtturm!
Die Schlingen, die sie mir heimlich
gelegt haben, wirst du wie Spinnweben
zerreißen, du, meine Zuflucht.

Ich lege mich dir in die Hände
Du hast mich erlöst, treuer Gott.
Du verabscheust alle,
die ihre Götzen haben
Ich aber habe mich ganz dir
überlassen
Ich werde jubilieren, ein Glücksschrei
deinetwegen, da du gekommen bist zu mir
und dir mein ganzes Elend angesehen hast.

Du hast mich dem Feld meines Feindes
nicht überlassen.
Hast mich entkommen lassen.

Herr,
hilf noch einmal, denn
es ist wieder eng geworden.
Schon sehe ich mich zerfallen:
Augen, Seele und Leib.
Mein Leben ist ein einziger Schmerz.
Meine Zeit verrinnt als Klagelied.
Meine Seele ist durch dieses elende Leben
am Ende.
Meine schönen Glieder
sind keinen Blick mehr wert.
Nun können sie alle über mich lachen!
Eine Witzfigur für die Nachbarn,
ein Schreckgespenst für die Freunde,
eine Vogelscheuche:
wer mich zu sehen bekommt,
fliegt davon.
Man hat mich gnadenlos vergessen.
Ich bin wie ein Toter, von dem niemand mehr
weiß.
Ich bin ein Scherbenhaufen.
Nun höre ich ihr Schlangengezischel,
es ist grauenhaft.
Der Mob hat sich zusammengerottet
gegen mich und nun wollen sie mich
töten.
Ich aber, Herr!
setze meine Hoffnung ganz auf dich.
Ich sage: mein Gott.
In deiner Hand liege ich
mit Haut und Haar.
Entreiß mich ihren Tatzen!

Zeig dich in deiner Herrlichkeit
mir, der am Boden liegt!
Hilf doch, guter Gott!
Laß mich nicht untergehen!
schreie ich.
– – – Untergehen sollen sie,
all diese Verbrecher,
zur Hölle mit ihnen,
hinab zu den Toten!
Jedes Lügenmaul soll gestopft werden,
alle Mäuler, die frech gegen mich
daherreden,
hochmütig, arrogant und aufgeblasen.
Wie erhaben bist du Herr, und gut
zu allen, die dich als ihren Gott
angenommen haben und verehren.
So bist du zu allen,
die vor den Menschen zu dir flüchten.
Du hältst deine Hand über sie:
ein Schutz vor dem Toben der Menschen.
Wie in einem Unterstand hältst du sie
vom Gezeter der Meute fern.

Gepriesen sei er,
der derart wunderbar an mir
gehandelt hat.
Der mir gezeigt hat,
daß er mein guter Gott ist,
als ich im Dreck lag.
Dabei hatte ich Angst,
die Angst, von ihm verstoßen zu sein,
weg aus seinem Glanz.

Doch du hast meinen Hilfeschrei gehört,
gehört, wie ich HILFE! geschrien habe.

Liebt ihn, ihr seine Menschen!
Die ihm treu sind,
hütet der Herr.
Doch den Aufgeblasenen wird ensprechend
heimgezahlt.
Euer Herz sei stark und voller Hoffnung,
und ihr auch,
die ihr wartet auf ihn!

PSALM 34

(Von David: damals spielte er den Verrückten vor Abimelech.
Der jagte ihn fort. Er ging.)

Immer werde ich Ihn nun preisen.
Mein Mund sei nur noch ein Werkzeug, das Ihn rühmt,
ein Instrument, das Ihm zuliebe erklingt.
Für nichts sonst sei mein Mund da: nur Ihn zu rühmen.
Ich will mich Seiner rühmen ganz und gar.
Die Armen werden es hören,
und ihr Herz wird höher schlagen.
Stimmt ein in mein Rühmen!
Wir wollen Ihn preisen, alle zusammen:
Ihn habe ich gesucht; und er hat mich gehört.
Von nun an habe ich keine Angst mehr.
Zu Ihm sollt ihr euch aufrichten.
Er wird euch erleuchten; und ihr werdet nicht rot.

Hier spricht ein Armer:
er rief, und der Herr hat ihn gehört.
Er hat ihn herausgezogen.
Sein Engel wird bei allen sein, die auf Ihn hoffen.
Er wird sie befreien.
Kostet, und ihr werdet wahrnehmen, wie gut der Herr ist.
Ein Glück für den, der zu Ihm geflohen ist.
Lebt auf Ihn zu, ihr, die ihr Ihm heilig seid!
Denn wer so lebt, dem fehlt nichts.
Es gibt Reiche, die haben nichts und hungern.
Wer aber Ihn sucht, hat alles.
Kommt und hört auf mich, Kinder.
Ich will euch sagen, wie man auf Ihn hin lebt.

Was ist das für ein Mensch, der sein Leben liebt
und will, daß es glücke?
Immer die Wahrheit sagen.
Niemals lügen.
Das Böse verneinen.
Das Gute tun.
Suche den Frieden und jage ihm nach!

Dann wird der Herr einen Menschen sehen, der recht ist;
Und hören wird er ihn, wenn er schreit.
Jene aber, die gegen Ihn arbeiten, wird Er
von der Erde verschwinden lassen; samt der Erinnerung
an sie.
Wenn aber jene schreien, die Ihn suchen, wird es der Herr
hören. Er wird sie aus der Angst reißen.
Nah ist den zerbrochenen Herzen Gott, und
er wird sie umarmen in ihrer Angst.
›Der Gerechte muß viel leiden‹,
doch nicht umsonst: der Herr wird ihn jedem Leid
entreißen.
Kein Knochen wird ihm gebrochen werden.
Auf jeden einzelnen paßt der Herr auf.
Der Unmensch aber wird sich selbst vernichten.
Wer einen aufrichtigen Menschen haßt,
muß es büßen.
Der Herr aber wird alle erlösen, die Ihm
zugeneigt sind.
Ungestraft bleibt jeder,
der bei Ihm Zuflucht sucht.

Sie sagen: ›Ich will das Böse!‹
In ihren Augen gibt es kein Erschrecken vor Gott.
Sie finden nichts dabei,
Böses zu tun, zu hassen.
Was sie reden, ist zum Betrug
und dem Bösen zulieb.
Sie haben sich vom Guten verabschiedet.
Nachts planen sie Unheil,
tags führen sie es aus –
eiskalt, scheuen sie vor nichts zurück.

Herr!

Du bist so gut, wie der Himmel weit ist,
Deine Treue reicht weiter, als die Wolken ziehn,
Deine Gerechtigkeit ist höher als der höchste Berg,
Deine Weisheit ist tiefer als das Meer.
Herr, für Menschen und Tiere bist du
ein Gott, der hilft. Es ist eine Freude!
Die Menschen sind im Schatten deiner Flügel zuhaus.
An deinem Reichtum dürfen sie teilhaben.
Du tränkst sie mit dem Strom deiner Wonnen.
Denn: Du bist die Quelle des Lebens,
in *deinem Licht* sehen wir: das Licht,
erhalte den Menschen deine Nähe und dein Ja,
allen, die es ernst meinen!
Auch mich, laß mich nicht geraten in ihre Mühle,
sie sollen mich nicht kleinkriegen, nein!
Sie sollen zusammenbrechen.
Alle Bösen sollen hinsinken –
und nie wieder aufstehn!

PSALM 39

Ich sagte mir:
Ich will vorsichtig sein und achtsam,
damit ich nicht mit meiner Zunge ausgleite.
Ich halte meine Worte bei mir,
solange dieser Gauner um mich herum ist.
So blieb ich bei mir,
stumm, still, schweigend, vom Glück verlassen.
Mein Schmerz war alles.
Es brannte mein Herz in mir,
da fing ich Feuer beim Nachdenken,
und ich mußte reden.
Herr!
Ich will wissen, wie es mit mir ausgeht,
wie viele Tage ich noch zu leben habe.
Zeig mir, was für ein vergängliches Nichts ich bin.
Mein Leben: nichts als ein paar Tage.
Vor dir so gut wie nichts ist dies alles.
Eine Andeutung nur, ein gewisses Nichts
ist der Mensch. Sela.
Ein Schatten an der Wand entlang: der Mensch, der geht.
Viel Lärm um nichts
macht er. Von einer unbeschreiblichen Gier ist er
auf der Welt und weiß selbst nicht, für wen
er seine Sachen zusammenrafft.
Und nun?
Worauf soll ich hoffen?
: Auf Dich allein!
will ich noch hoffen.
Entreiß mich doch, allen, die mir Unrecht tun,
und setz mich nicht dem Gelächter dieser Idioten aus!

Mir hat es die Sprache verschlagen.
Ich bringe den Mund nicht mehr auf.
Das ist Deine Fügung.
Nimm diese Qual von mir!
Du erdrückst mich!
Ja, Du strafst und schlägst den Menschen.
Gewiß, er ist schuldig:
und dann zerstörst Du seinen Glanz,
wie Motten, die sich in das schöne Kleid
hineinfressen.
Der Mensch? Ist nichts als ein Vergehen. Sela.
Hörst Du, wie ich bete?
Erhöre mein Geschrei! Meine Tränen lassen Dich
hoffentlich nicht ungerührt.
Ich bin ja nur als Gast bei Dir, als Fremder,
wie alle, die vor mir hier waren.
Sieh über meine Schuld hinweg, und ich werde froh
in die Welt schauen, solange ich
da bin, solange, bis ich für immer gehe.

Wie der Hirsch Durst hat nach frischem Wasser,
so habe ich Durst nach dir, Gott!
Meine Seele hat Gott-Durst,
Durst nach dem lebendigen Gott.

Wann darf ich zu dir kommen?
Dein Gesicht sehen?
Ich lebe von Tränen, Tag und Nacht,
die anderen fragen mich ständig:
wo ist er denn nun, *dein Gott*?

Es zerreißt mich vor Schmerz, wenn ich daran denke,
wie wir alle zusammen zu *seinem* Haus zogen,
Preislieder sangen wir.
Meine Seele, sag, warum so trostlos,
so unruhig in mir?
Setze auf Gott!
Ich werde ihm noch danken, meinem Gott und Retter,
meinem Leuchtturm.
Ach, ich bin so traurig, könnte weinen
und weine, wenn ich an dich denke, am Jordan,
am Hermon, am Mizar.

Flut über Flut,
all deine Wellen und Wogen,
alles, all dies über mich hinweg.
Und doch: noch in der Nacht singe ich
zum Gott meines Lebens.

Ich frage Gott, meinen Fels:
warum hast du mich vergessen?

Warum ist mein Leben so trostlos
unter all diesen anderen?
Diesen hämischen Schnauzen, daß es eine Qual ist!
Und ihre scheinheiligen Fragen muß ich mir auch noch
anhören: ›Wo ist also *dein Gott?*‹

Meine Seele, sag, warum so trostlos,
so unruhig in mir?
Setze auf Gott!
Ich werde ihm noch danken, meinem Gott und Retter,
meinem Leuchtturm!

PSALM 49

Hört dies, all ihr Völker,
ihr Menschen,
die ihr eine Zeitlang auf dieser Erde wohnt.
Alle ihr, oben und unten,
einfaches Volk oder nicht,
ich werde euch nun allen
die Wahrheit sagen.
Mag es auch schwer sein, ich will versuchen
zu *singen:*

Warum soll ich Angst haben in bösen Tagen,
wenn ich nur noch von Feinden umgeben bin?
Sie verlassen sich ganz auf ihren Besitz
und geben mit ihrem Geld an.
Doch vom Tod befreien kann keiner den anderen,
auch Gott nicht, auch gegen Geld nicht.
Für das Leben ist jeder Kaufpreis zu hoch,
darauf muß unsereiner verzichten.
Weiterleben und ums Grab herumkommen:
das geht leider nicht!
Wir sehen doch:
der Gescheiteste stirbt genauso wie der nächstbeste Idiot.
Jeder muß das, was er hat, anderen zurücklassen.
Auch jene, die ganze Länder nach ihrem Namen
benannt haben:
auch ihre Heimat ist der Friedhof.
Dem Menschen bleibt nichts von seiner Schönheit
und von seiner Anmut,
von seinem Glanz und von seiner Herrlichkeit.
Er ist wie das Vieh und verstummt.

So geht es allen, die auf sich selbst bauen.
Und so endet der, der sich in großen Worten
gefallen hat.

Sela!
Der Tod wird sie auf sein Feld führen,
die Schafe,
hinab in die Grube!
Auseinanderfallen werden sie.
Da unten werden sie bleiben.

Doch der Herr wird mich! vor dem Reich
des Todes bewahren.
Ja!
Er wird mich zu sich nehmen!
Sela!

Laß dich nicht abbringen
von deinem Weg,
wenn du mitansiehst, wie einer reich wird
und glänzt und prahlt.
Denn – unterwegs zum Tod –
nimmt er von allem *nichts* mit.
Sein Glanz wird nicht bis nach unten reichen.
Mag er sich auch glücklich gepriesen haben
im Leben, muß er doch zu denen hinab,
die das Licht nicht mehr erblicken.
Der Mensch, der gedankenlos glänzt,
er ist wie das Vieh, das verstummt.

PSALM 63
(Psalm Davids in der Wüste Juda)

Gott,
mein Gott,
dich suche ich.
Ich habe Durst nach dir mit Leib und Seele,
so wie ein ausgetrocknetes Stück Land
vor der Regenzeit Durst hat nach Wasser.
So gehe ich in dein Heiligtum,
ob ich dich sehe in deinem Glanz
und deiner Herrlichkeit.
Denn du bist mehr als das Leben.
Das sage ich, um dich zu preisen
in deinem Glanz.
Solange ich lebe, werde ich dich
also preisen und meine Hände erheben.
Ich bekomme das köstlichste Essen
und das gesündeste dazu.
Derart werde ich gefüttert
und dann wird mein Mund dich loben!
Tag und Nacht nur du! – – – – –
Ja,
du hast mich gerettet.
Glücklich preisen im Schatten deiner Flügel
kann ich mich.
An dir hänge ich ganz und gar.
Deine Hand hält mich, fest.
Denn da sind Menschen,
die wollen mir ans Leben,
ganz ohne Grund.

Zur Hölle mit ihnen!
Hinab unter die Erde!
Sie sollen durch das Schwert umkommen.
Ein Fressen für die Hyänen, so werden sie enden.
Ich aber freue mich an Gott.
Wer auf ihn schwört, darf sich daher rühmen.
Denen aber,
die lügen,
wird das Maul gestopft,
auf immer!

PSALM 73

Gott ist für Israel nichts als gut
für alle reinen Herzen

Und was ist mit mir?

Fast wäre ich gestolpert und umgekippt.
Denn
ich habe mich über die Reichen empört.
Ich war außer mir, als ich sah,
daß es dieser *Gesellschaft* so gut ging.

Es fehlt ihnen ja an nichts.
Sie sind schön und gesund.
Sie haben ja nicht die gewöhnlichen Sorgen
der Sterblichen.
Sie kennen unseren Schmerz nicht.
Daher ist die Überheblichkeit ihr Markenzeichen.
Ihre Verbrechen sind ihre Art sich zu kleiden.
Sie können kaum aus den Augen sehen vor Überfluß
und dabei denken sie sich neue Geschäfte aus.
Zyniker sind sie.
Was sie sagen, verschlägt mir die Sprache.
Sie machen alles schlecht und reden dabei
von oben herab.
Sie reißen das Maul auf, weiter geht es nicht,
sie geben an und zeigen sich.
Sie haben auch noch Zulauf.
Das Volk bewundert sie auch noch.
Der Mob nimmt ihr Gerede gierig auf.

Wie sollte ein Gott dahinter kommen?
Wie sollte einer da oben das wissen?
sagen sie sich.

Ja, so sind sie –,
so ist dergleichen.

Und nicht genug: zum Betrug kommt auch noch
der Glanz und der Reichtum.

Also war ich umsonst ein Mensch?
Also habe für nichts
dir ich geglaubt?

Ja, jeder Tag war ein Grauen,
jeder Morgen eine Strafe.
Ich war schon ganz bitter,
dazu kam noch der Schmerz, die Nieren – mir tat alles weh.
Ich war am Ende.
Ich verstand die Welt nicht mehr,
war Ochs am Berg.
Und doch: gerade jetzt wollte ich
alles wissen, wissen wie es war und begreifen.
Es war eine Qual für mich.
Bis ich sah, was aus ihnen wird.

Ja,
du stellst sie aufs Glatteis.
Irgendwann fallen sie einfach um:
Da haben sie sich getäuscht!
Auf einmal sind sie nichts mehr,
umgekippt, weg und verschwunden.
Ein schreckliches Ende!

Oder?
Ein solches Leben ist ja nur ein Traum,
verblaßt schon beim Erwachen,
vergessen schon beim Aufstehn.

Ich aber
bleibe auf immer bei dir
Du hältst mich fest an meiner Hand
Du führst mich,
wie es dir gefällt
und zuletzt
nimmst du mich in deine Herrlichkeit hinein.
Was ist der Himmel anderes für mich als Du?
Und auch auf der Erde bist Du
meine einzige Freude.
Auch wenn ich untergehe:
Gott bleibt mein Herzfels
und alles was ich habe,
auf ewig.

Ja, so ist es:
fern von dir werden sie untergehen.
Du vernichtest sie, sie werden zu nichts, indem sie dich
verlassen.

Aber ich?
Gott nahe zu sein ist gut für mich.
Ich baue auf Gott meinen Herrn,

Und alles,
was Du getan hast, will ich
verkünden!

Wir preisen Dich, Herr,
wir preisen Dich,
nahe bist Du, Herr,
allen, die von Deinen Wundern leben.

Ja,
die Zeit bestimme ich, wann Gericht gehalten wird.
Es ist mein Recht.
Die Erde mit all ihren Bewohnern
mag wanken. Das Fundament aber hat festen Boden.
So wie ich das gemacht habe!
Sela.
Zu den Überheblichen sage ich:
Nicht so vermessen!
Und zu den Schandmäulern:
Blast euch nicht auf,
als wäre etwas dahinter!
Tut nicht so groß, ihr seid doch nur aufgeblasen! Was sollen all eure Erklärungen!
Doch:
Nicht aus dem Osten, nicht aus dem Westen,
nicht aus der Wüste
kommt die Zukunft.
Nein!
Der Richter heißt Gott: er wird es richten –
die Einen werden bleiben, die Anderen verschwinden.
Ja!
In seiner Hand ist ein Becher –
mit saurem und bitterem Wein, den gibt er ihnen.
Den müssen sie trinken. Alle, die Unmenschen
dieser Erde,

samt den Schlieren
hinabspülen.
Ich aber werde da sein und jubeln
singen und spielen dem Gott Jakobs
für immer.

Ich werde ihren Machtapparat
niedermachen und das Haupt des Aufrechten
hoch über ihnen erscheinen lassen.

Ich werde zu Gott schreien und
rufen und schreien, solange,
bis er mich hört.
Heute such ich ihn, heute, es ist Nacht,
meine verzweifelten Hände!
Meine trostlose Seele!

Denk ich an Gott bei Nacht,
dann bin ich um den Schlaf gebracht!
Meine Seele will verzweifeln.
Sela.
Du bist es, der mir den Schlaf raubt
der mir mein Herz schlagen läßt
und mir die Sprache verschlägt.
Da liege ich nun und kann
den Tagen von einst nachsinnen
und auch all den Jahren. – – –
Es ist das Herz,
das sich verzehrt.
Es ist die Nacht, in der meine Gedanken
umher irren.

Soll ich denn auf ewig verstoßen sein
von Gott?
Ist es denn mit seinem Erbarmen für immer
zu Ende?
Ist es aus mit der Liebe?
Gilt seine Treue nicht mehr?
Ist, was er versprochen hat,
widerrufen?

Hat er alles vergessen?
Hat er seiner Liebe abgeschworen?
Soll das nun für immer so sein?
Sela.

Ich mußte mir sagen:
›Das ist mein Schmerz, daß er so anders ist
und handelt.‹
Also denke ich an das,
was er schon getan hat.
Ich gedenke der Wunder von einst.
Ja, ich will nachdenken und mir vergegenwärtigen,
was war.

Herr, Dein Weg ist doch ein heiliger Weg!
Gibt es irgendwo einen Gott,
der so großartig wäre
wie unser Gott?
Du allein bist der Gott der Wunder.
Du allein hast es den Völkern gezeigt.
Wie Du mit Deinen gewaltigen Armen
Dein Volk befreit hast, die Kinder
von Jakob und Josef.
Die Wasser erblickten Dich, Gott,
die Wasser erblickten Dich und zitterten.
Die Tiefen des Meeres waren in Aufruhr.
Die Wolken schütteten ihr Wasser aus.
Donner, eine gewaltige Stimme und Blitze
von Dir her.
Es war Dein Donner. Es waren Deine Blitze.
Die Erde leuchtete auf und zitterte.
Dein Weg ging durchs Meer durchs Wasser
hindurch Deine Spur.

Doch niemand sah etwas
von Dir.
Ja,
an der Hand von Moses und Aaron hast du
Dein Volk herausgeführt wie eine Herde.

PSALM 78

Höre, mein Volk!
Hört, was ich nun sage.
Ich sage es in einem Gedicht.
Unser Geheimnis von lange her will ich euch
vergegenwärtigen
alles,
was wir hörten und wissen.
Das, was uns die Väter erzählten.
Auch unsere Kinder sollen es wissen.
Alle, die nach uns leben werden.
Was der Herr getan hat. Erzählen.
Von seinen Taten.
Von seinen Wundern.
Von seiner Kraft.
Von seinem Gesetz, der Weisung für Israel.
Von seinem Auftrag an die Väter,
ihren Kindern all dies weiterzugeben.
Damit sie alles wissen, die Kinder späterer Zeiten.
Um dies alles noch einmal weiterzugeben:
auch sie sollen ihre Hoffnung dereinst
auf Gott setzen.
Damit niemals vergessen werde,
was er getan hat.
Und seine Anordnung befolgt wird.
Damit sie nicht enden wie jene ihrer Väter,
jenes Geschlecht voll von Aufruhr und Empörung,
jenes vergebliche Geschlecht,
das auf seinem Weg nicht bei Gott blieb:

Die Söhne Efraims liefen mit Pfeil und Bogen
am Tag der Schlacht davon!

Abmachungen mit Gott waren ihnen egal.
Sie entzogen sich seinem Kommando!
Sie vergaßen den großen Gott und all seine Wunder.
Die Wunder,
die vor den Augen ihrer Väter geschehenen
Wunder in Ägypten auf den Feldern von Zoan.
Er spaltete das Meer!
Er führte sie mitten hindurch!
Er ließ das Wasser stehen
als eine Mauer.
Am Tag führte er sie mit einer Wolke.
Wenn es Nacht war mit einem hellen Feuer.
Er spaltete Felsen in der Wüste
und gab ihnen zu trinken genug, Wasser
im Überfluß aus Felsen und Steinen.
Und doch!
Sie lebten weiter gegen ihn.
Sie bockten und trotzten,
dies in der Wüste!
Ihm, der über allem war, ist und sein wird.
In ihrem Herzen zweifelten sie.
Sie stellten ihn in Frage.
Sie forderten Eßbares,
gegen den Hunger.
Sie maulten und ›ließen das Herz hoffen
gegen Ihn‹.
Sie stellten unmögliche Fragen:
Wie kann uns Gott zum Essen laden
in die Wüste? – – – Gewiß, man hat
an den Felsen geschlagen und dann kam etwas Wasser. – – –
Aber kann er uns auch füttern?
Kann er uns mit Fleisch versorgen?
Das hörte *ER* – – – – – – – – – –

und geriet in einen göttlichen Zorn.
Feuer flammte auf gegen Jakob,
seine Wut ging gegen Israel,
weil sie doch nicht auf ihn setzten,
trotz allem seiner Hilfe nicht trauten.
Und doch:
Er war der Herrscher der Wolken.
Er öffnete die Himmelstore.
Manna ließ er auf sie regnen.
Es war Brot vom Himmel.
Nun aßen diese Menschen sein Wunderbrot.
Der Herr gab ihnen zu essen
im Überfluß.
Und dann ließ er auch noch von oben her
den Ostwind los und den Südwind,
der ihm genauso diente.
Er ließ Fleisch auf sie regnen
als ob es Staub wäre,
Vögel, wie Sand am Meer, ließ er
mitten ins Lager fallen,
und um die Zelte Israels herum.
Nun hatten sie also mehr als genug,
Aussicht auf Essen, waren satt, mit vollen Bäuchen,
endlich hatten sie,
was sie immer gewollt hatten.
Doch:
Noch war ihre Gier nicht befriedigt,
noch war das Essen nicht in ihren Mäulern,
da erhob sich Gott in seinem Zorn gegen sie.
Er erschlug ihre Führer,
warf die jungen Männer von Israel zu Boden.
Und wieder lebten sie gegen ihn, trotz allem,
und hielten sich nicht an seine Wunder.

Also ließ er ihre Tage vergehen
wie ein Aufseufzen, ihre Jahre
als einen einzigen Schrecken.
Als er sie derart schlug,
fragten sie wieder bei ihm an.
Da machten sie kehrt und gingen
in seine Richtung
Da fiel ihnen wieder ein,
daß Gott ein Fels ist,
der Höchste, er, ihr Erlöser!
Doch wieder spielten sie ihm was vor,
belogen ihn mit ihrem Lügenmaul.
Auf *ihr* Herz war kein Verlaß.
Seine Zuneigung straften sie mit ihrer Treulosigkeit.
Und noch einmal verzieh er,
der Erbarmende,
ihnen die Schuld:
er rottete sein Volk nicht aus.
Wieder und wieder vergaß er seinen Zorn
und seine Wut ließ er nicht aufkommen.
Denn er wußte ja:
daß sie nichts anderes sind als
verderbliches Fleisch
und eine Fata morgana, ein
etwas, ein *ein Mal und nie wieder.*
Wie oft haben sie ihm zugesetzt,
in der Wüste,
im Zwischenland ihn beleidigen wollen.
Immer wieder haben sie ihn in Frage gestellt.
Den heiligen Gott Israels haben sie
herausgefordert!
Aber seine mächtige Hand hatten sie wohl vergessen...
und auch jenen Tag, als er sie aus der

Zwangsherrschaft befreite.
Als er in Ägypten Zeichen tat, Wunder
in der Gegend von Zoan.
Flüsse und Bäche von Ägypten verwandelte er
in Blut.
Nun hatten sie [die Ägypter] nichts mehr
zu trinken.
Gewaltige Fliegenschwärme schickte er,
die fraßen sie auf, Froschheere,
die sie vertilgten.
Ihre Felder überließ er den Grillen, den Heuschrecken
die im Schweiß eingebrachte Ernte.
Ihre Reben ließ er durch Hagel vernichten.
Ihre Maulbeerbäume mit Eisbrocken.
Ihre Tiere überließ er der Pest.
Die Herden den Seuchen.
Wahrlich,
sein Zorn kam als Glut über die Ägypter,
als Furor in jeder Form,
durch Unheilsboten massenweise.
Seinem Zorn ließ er freien Lauf.
Er kam selbst als Tod über sie.
Er hat sie selbst einer todbringenden Krankheit
ausgeliefert.
Über alle Erstgeborenen von Ägypten
brachte er den Tod.
Dem Nilvolk nahm er die schönsten der Menschen,
die blühende Jugend, hinweg.

Und dann führte er *sein* Volk hinaus,
wie Schafe, als Herde durch die Wüste.
Sie waren sicher bei ihm.
Sie mußten keine Angst haben.

Ihre Verfolger trieben leblos auf dem Meer.
Er schaffte sie in sein heiliges Land.
In die Berge, die er für sie eroberte.
Von dort vertrieb er die Bewohner, die da
gelebt hatten vor ihnen.
In ihre Häuser ließ er Israeliten
ziehen. Und das, was die anderen zurückgelassen hatten,
gab er ihnen, als ein Erbe.

Und dennoch, *abermals,*

wieder lebten sie gegen ihn,
widersetzten sich
Ihm, Gott, dem Höchsten,
und hielten sich nicht an das (wenige),
was sie doch versprochen hatten.
Wie schon ihre Väter,
so fielen auch sie von ihm ab.
Sie waren wie eine Waffe, die versagt.
Er mußte ihren Götzendienst
auf den Anhöhen mitansehen.
Er geriet in Eifersucht
wegen dieser Götzen-Götter.
Als er dies alles mitansehen mußte,
war es die letzte Empörung.
Er trennte sich von Israel.
Er gab sein Haus in Shilo auf,
das Zelt, wo er unter den Menschen wohnte.
Er ließ nun zu, daß es in Gefangenschaft geriet,
die heilige Lade in die Hände der Feinde fiel.
Und sein Volk überließ er dem Untergang.
Sein Zorn auf sein Eigentum war nun grenzenlos.
Die jungen Männer kamen durch Feuer um.

Für die Mädchen gab's kein Hochzeitsfest mehr.
Die Priester erschlug man.
Die Witwen konnten nicht weinen
wie vorgeschrieben.

Auf solche Weise
antwortete der Herr wie aus einem Schlaf heraus
und wie ein Krieger der von Wein umnebelt
scheint
Er tötete sie als Feinde.
Er übergab sie dem Untergang auf ewig.
Josef ließ er fallen. Efraim gab er auf. Dafür nahm er
Juda.
Zion, den Berg, suchte er sich aus.
Nun liebt er *ihn*.
Dort hat er sein gewaltiges Heiligtum gebaut,
fest wie die Erde, die auf immer
bestehen wird, wie es.
Und er nahm David. Er wählte ihn.
Von der Schafweide weg holte er ihn.
Von den Muttertieren nahm er ihn.
Damit er das Volk Jakobs weide
und das Erbe Israels.
Ihr Hirt war er nun, sorgte mit reinem Herzen
für sie
und führte sie, klug
wie er war, mit
Hirtenhänden.

PSALM 90

Herr,
du warst zu allen Zeiten
und immer wieder
unsere Rettung!
Ehe die Berge geboren wurden,
Erde und Weltall entstanden, bist du der
Gott von Ewigkeit zu Ewigkeit.
Du machst die Menschen zu Staub und sagst:
Kehrt zurück, Menschenkinder!
Denn tausend Jahre sind soviel für dich
wie der Tag, der gestern vergangen ist –
oder wie eine Wache in der Nacht.
Von Jahr zu Jahr säst du sie aus, die Menschen.
Sie gleichen dem Gras, wie es wächst:
Am Morgen ist es grün und blüht.
Am Abend wird es geschnitten und welkt.

So vergehen wir vor dir,
werden in deiner Gegenwart zu nichts.
Du siehst unsere Vergänglichkeit im Licht deiner
Unvergänglichkeit.
Alle unsere Tage gehen vor dir dahin.
Unsere Zeit hauchen wir aus wie ein Aufstöhnen,
das ist alles.
Unser Leben dauert vielleicht siebzig
Jahre, wenn es hochkommt, sind es achtzig.
Noch das schönste daran ist
nichts als Schmerz.
Das Leben ist kurz und schmerzlich.
Einmal das Dorf hinauf und hinunter:
so sind wir unterwegs.

Wer kennt deine Gewalt?
Wer hat Angst vor dir?
Lehre uns unsere Tage zu zählen,
daraus werden wir gescheit –
und unser Herz wird weise.

Herr!

Zeig dich doch endlich!
Hab Mitleid mit uns nichtigen Menschen.
Gleich am Morgen gib uns von allem.
Dann werden wir jubeln, uns unser Lebtag lang
freuen!
Ach, erfreue uns!
So viele Tage, die wir gelitten haben,
genauso viele Jahre, wie unser Unglück
dauerte!
Zeig uns doch, daß du da bist,
und unseren Kindern, daß du ein Gott bist,
der hilft!

Seine Güte begleite uns.
Laß das, was wir mit unseren Händen tun,
gedeihen!
Ja,
laß es gedeihen, das Werk unserer Hände!

Wer aber bei Gott zu Hause ist
und im Schatten des Herrn schläft,
sage zu ihm:
Du bist die Rettung für mich!
Ich vertraue Dir.
Du bist mein Gott!

Ja,
er ist es, der dich herausgezogen hat
wie aus der Schlinge eines Jägers
und dich immer wieder gerettet hat.

Auf Flügeln trägt er dich.
Unter seinen Schwingen bist du beschirmt.
In seiner Hand bist du sicher und versichert.

Also mußt du keine Angst haben
vor dem Schrecken der Nacht
und auch nicht vor dem Anschlag
am hellen Tag.
Keine Angst haben wie
vor einer tödlichen Krankheit
oder vor dem Ausbruch einer Seuche.

Denn
mag es auch Tausende treffen
an deiner Seite
oder gar Zehntausende
Du wirst nicht dabei sein.
Nur mitansehen mußt du,

wie es die anderen trifft,
jene, denen vergolten wird.

Denn:
Deine Rettung ist der Herr.
Er ist es, den du dir zum Gott erwählt hast.
Und:
kein Feuer brennt dich,
und es schmerzt dich nichts

Denn
er hat seinen Engeln aufgetragen,
dich auf immer zu schützen
auf jedem Weg.
Sie tragen dich auf ihren Händen,
damit deine Füße anstoßen nirgendwo.
Du wirst vorbeikommen
an Löwen und Schlangen,
ja, selbst mit Drachen fertig wirst du!

Weil er an mir hängt,
will ich ihn herausnehmen.
Ich halte meine Hand über ihn, weil er weiß,
wer ich bin!
Wenn er nach mir ruft, werde ich ihn hören!
Sitzt er im Dreck, werde ich ihn herausziehen.
Ich werde ihn ins Licht stellen.
Ein langes Leben soll er haben.
Und danach wird er
alles in allem
sehen, wie es ist, das Heil.

PSALM 96

Singt dem Herrn ein neues Lied!
Singt, alle Länder dieser Erde!
Singt und preist seinen Namen,
seine Herrlichkeit bei den Völkern,
singt es hinaus,
daß er ein wunderbarer Gott ist.

Denn Gott ist groß
und über alles zu rühmen,
gewaltiger als die Götter.
Denn alle Götter sind nichts als Götzen.
Der Herr aber hat den Himmel geschaffen!
Alles an ihm ist hoch und herrlich,
Glanz und Glorie sein Heiligtum!
Bringt ihm eure Verehrung, ihr Völker!
Bringt eure Geschenke mit und tretet ein
in sein Heiligtum!
Werft euch vor ihm nieder,
zittert, ihr Völker der Erde, und verkündet es
zu Hause: der Herr ist König!
Die Erde hat er festgemacht.
Sie wird nicht wanken.
Die Völker richtet er nach seinem Recht.
Der Himmel soll sich freuen.
Die Erde soll jubeln.
Das Meer soll rauschen und alles,
was in ihm ist.

Vor Freude übergehen sollen die Felder
und was auf ihnen wächst.
Aufleben sollen alle Bäume des Waldes

vor dem Herrn,
wenn er kommt,
wenn er kommt,
diese Welt zu richten.
Er wird gerecht richten!
Alle Völker, gerecht, wie er ist.

Preise ihn, Seele,
meinen Gott,
und alles, was in mir ist,
seinen heiligen Namen.
Preise ihn, Seele,
und vergiß nicht,
was er dir Gutes getan hat.
Wie er dir entgegenkam.
Dir verziehen hat.
Dich heilte.
Wie er dich von dem Verschwinden
ausnahm.
Wie er dich mit seiner Liebe
und Zuwendung krönte.
Er.
Der dich ein Leben lang
füttert.
Und dich immer wieder neu
macht.
Adlergleich.

Was er tut ist wunderbar.
Er verhilft allen Unterdrückten
zu ihrem Recht.
Er hat dem Moses seinen Weg gezeigt.
Israel gezeigt wie er handelt.
Er hat sich immer wieder gezeigt und geholfen.
Er ist voller Geduld und Güte.
Er wird nicht auf immer
uns sich verweigern.
Nicht eine Ewigkeit lang eine Wut haben

auf uns wird er.
Nicht geht er so mit uns um
wie wir verdienten
Nicht nach unseren Schulden
rechnet er ab mit uns.
Denn
wie der Himmel über der Erde
weit ist,
so ist er nah bei denen,
die wissen, daß er (der Herr) ist.
So weit die Sonne beim Aufgang
vom Untergang entfernt ist,
so weit wird er unsere Schulden
von uns wegnehmen.
Wie ein Vater zu seinen Kindern,
so ist er zu allen, die zu ihm
finden.
Denn:
er weiß ja, was wir sind:
Staub sind wir (nur),
wie Gras sind wir (nur),
und so sind unsere Tage.
Wir blühen (ja) nur,
sind einmal nur da,
wie auf der Wiese.
Und brechen beim ersten Wind zusammen.
Die Stelle, wo wir standen,
wird nichts mehr von uns wissen.
Wir werden an Ort und Stelle vergessen sein,
während seine Herrlichkeit besteht,
auf immer und ewig.

Dies ist allen gesagt, die ihn anerkennen
als Herrn und Gott.

Seinen Segen werden noch
Kinder und Kindeskinder erfahren.
Alle, die das Bündnis bewahren.
Die daran denken, was er gesagt hat
und danach leben.

Der Herr regiert vom Himmel aus.
Seine königliche Macht beherrscht das All.

Preist Ihn, ihr, die ihr seine Engel seid,
ihr starken Krieger, die ihr seine Befehle ausführt.

Umjubelt
den Herrn, all seine Heere.
Jubelt dem Herrn zu,
all seine Werke,
überall auf der Welt, seiner Herrschaft!

Preise auch du ihn,
meine Seele!

PSALM 104

Preise ihn, Seele,
meinen Gott. Wie groß bist du!
Der Glanz und die Herrlichkeit sind dein Gewand.
Angetan mit Licht bist du.
Der Himmel ist dein Zelt.
Die Balken deines Hauses sind verankert
Im Wasser.
Dein Gefährt sind die Wolken.
Du wandelst auf Sturmflügeln.
Der Wind ist dein Bote.
Das Feuer ist deine Dienerin.
Die Erde hast du auf festen Grund gebaut.
Niemals wird sie untergehen.
Einst war sie von der Urflut bedeckt.
Die Berge waren unter Wasser.
Doch das Wasser floh, weil du es so wolltest.
Vor deiner Gewalt ist es verschwunden!
So erhoben sich die Berge und senkten sich
die Täler, genau dahin, wo du sie gewollt hast.
Das Wasser hast du an seinen Platz verwiesen.
Da soll es bleiben.
Nie wieder soll es die Erde zudecken.
Du läßt Quellen hervorsprudeln, Wasser in Tälern
fließen zwischen Bergen.
Sie tränken alles Leben.
Die Feldtiere löschen dort ihren Durst, an den Ufern
die Vögel: von den Zweigen her kommt Gesang.
Die Berge tränkst du aus deinen Wolken.
Vom Himmel her nährst du die Erde.

Für das Vieh läßt du Gras wachsen, für den Menschen
alles, was er braucht, Brot von der Erde
und Wein, der das Herz freut. Auch Öl für seine
Schönheit. Und Brot, damit er stark bleibt und
gesund.
Die Bäume Gottes trinken sich satt,
die Libanonzedern, die er gesetzt hat.
Dort bauen die Vögel ihr Nest, und auf den Zypressen
nistet der Storch.
Die hohen Berge sind für den Steinbock, und in die Felsen
kann der Klippdachs fliehen.
Den Mond hast du gemacht als
unsere Uhr.
Und auch die Sonne: sie
kennt die Zeit ihres Untergangs.
Dann schickst du die Finsternis, und es wird Nacht.
Nun erwachen die Lebewesen des Waldes.
Die jungen Löwen brüllen nach Beute.
Auch sie verlangen von Gott ihr Fressen.
Erscheint dann die Sonne wieder, gehn sie
nach Hause und schlafen in ihrem Versteck.
Nun kommt der Mensch. Er macht sich an die Arbeit,
den ganzen Tag bis zum Abend.
Herr,
wie unendlich ist dein Wirken!
Alles hast du gemacht,
die Erde und alles, --- eine Summe deiner Weisheit.

Die Welt ist die Fülle deiner Dinge.
Und das Meer ist ein Meer:
auch in ihm Leben ohne Zahl
von kleinen und großen Lebewesen.
Und auf ihm ziehen die Schiffe dahin,

und auch der Leviathan, den du gemacht hast,
um mit ihm zu spielen.
Alle warten auf dich, daß sie zur rechten Zeit
ihr Futter bekommen.
Gibst du ihnen, nehmen sie.
Öffnest du deine Hand, werden sie satt.
Zeigst du dich nicht, sind sie verstört.
Läßt du sie nicht mehr atmen,
sterben sie.
Und werden wieder zum Staub der Erde.
Und wenn du willst, entstehen sie neu,
und auch die Erde erscheint neu.
Doch ewig währe die Herrlichkeit des Herrn,
freue er sich an allem.
Das Erdbeben: ein Augenblick Gottes.
Der Rauch der Vulkane: eine Berührung.

Ich will meinem Gott singen mein Leben lang.
Spielen ihm, solange ich da bin.
Möge ihm mein Dichten gefallen.
Ich freue mich an meinem Gott.

Nur die Unmenschen sollen von der Erde verschwinden.
Es wäre so schön auf der Welt ohne sie!
Preise meine Seele den Herrn!
Halleluja!

Mein Herz ist bereit,
o Gott, mein Herz ist bereit,
ich will Dir singen und spielen.
Wach auf, meine Seele,
erwacht, Harfen und Instrumente.
Ich will das Morgenrot wecken.
Vor der ganzen Welt will ich Dich preisen.
Vor allen Völkern will ich ein Loblied
singen auf Dich.

Denn:

Du bist so gut wie der Himmel weit ist
und treu bis zu den Wolken.
Geh über die Himmel hinaus!
Zeig Deinen Glanz (wie herrlich Du bist)
auf der ganzen Erde
Hilf mit Deiner starken Hand.
Hör uns doch! – – –
und jene, die Du liebst,
sind gerettet.

Und nun – – – ein Beschluß Gottes
aus seinem Heiligtum:

Ich will triumphieren.
Ich werde Sichem verteilen.
Ich werde das Sukkottal vermessen.
Mir gehört Gilead.
Mir gehört Manasse.
Efraim ist der Helm auf meinem Haupt.

Juda ist mein Herrscherstab.
Aber Moab ist mein Waschbecken.
Auf Edom werfe ich meinen Schuh.
Ich triumphiere über das Land der Philister.

Wer wird mich zu ihrer Stadt führen?
Jetzt scheint sie unbesiegbar...
Wer wird mich denn an Edom heranführen?
Hast du uns denn verworfen, Gott??
Du bist ja gar nicht auf unserer Seite!
Komm endlich zu uns herüber
und zeige dich als Gott, denn
Menschen richten hier nichts aus.
Nur mit Gott werden wir siegen.
Er allein wird sie zunichte machen.

Der, den ich preise, soll doch nicht
schweigen! Schweig doch nicht einfach!

Denn ein böses Maul hat sich gegen mich aufgetan,
ein Lügenmaul.
Und nun sind die anderen falsch gegen mich.
Um mich herum blüht der Haß gegen mich,
ohne daß ich davon weiß und grundlos.
Sie haßten mich und ich betete noch für sie!
Sie vergalten mir meine Liebe mit ihrem Haß.
Doch nun soll sich sein Verbrechen gegen ihn wenden.
Es sei sein Zeuge gegen ihn.
Es soll einer im Kreuzverhör vor ihn hinstehen.
Aus dem Gericht soll er vernichtet hervorgehen.
Selbst sein Gebet soll gegen ihn sein.
Er soll nur noch kurze Zeit leben.
Seine Stelle soll ein anderer bekommen.
Seine Kinder sollen zu Waisen werden.
Seine Frau soll zur Witwe werden.
Als Flüchtlinge sollen seine Kinder
auf der Welt sein.
So sollen sie umherziehen und betteln.
Vertrieben aus ihrem Haus,
das gesprengt wurde.
Die Banken sollen alles an sich reißen.
Der Mob soll plündern, was noch da ist.
Weh dem, der ihn nicht fallen läßt!
Weh jenen, die mit den Waisen Mitleid haben!
Auch seine Kinder soll man vernichten.
Schon in der nächsten Generation soll niemand
seinen Namen wissen.

Der Herr wird sich an die Schuld seiner Väter erinnern.
Und die Schuld der Mutter wird niemals vergeben,
ihre Schuld
ist allgegenwärtig vor Gott,
nur auf Erden seien sie vergessen
und ausgelöscht:
Denn
dieser Mensch, hat *nicht ein Mal*
daran gedacht, einem Menschen zu verzeihen,
nein, im Gegenteil: er hetzte auch noch
die unten waren, die Armen und Gebeutelten, und jene,
die mutlos waren und ohne Hoffnung wollte er
zerfleischen.
Er war für die Verwünschung.
Sie komme über ihn.
Den Segen lehnte er ab.
Er sei ihm fern.
Das Fluchen war seine Sprache.
Sie soll in ihn eindringen und auffressen.
Er soll mit ihr eins werden,
Gürtel und Gewand sein:
so soll der Herr mit denen abrechnen,
die mich verklagen und verleumden!

Du aber,
mein Ein und Alles!
Handle so, wie ein Herrscher und Herr
handelt.
Reiß mich heraus!
Du kannst es doch!
Denn ich bin doch gar nichts.
Ich zittere am ganzen Leib.
Ich bin nur noch ein Schatten,

der an der Wand entlang huscht
und verschwindet.
Man schüttelt mich ab wie Ungeziefer.
Die Knie sind ganz weich.
Ich esse nichts.
Ich werde immer weniger.
Ich bin schon fast ein Gerippe.
Jetzt lachen sie, ein Hohngelächter.
Sie schütteln den Kopf, wenn sie mich sehen.
Hilf mir!
Herr, mein Gott!
Du kannst mich retten!
Rette mich!
Zeig ihnen, wer du bist!
Daß Du mein Herr bist, jener,
der mich gerettet hat.
Sollen sie ruhig fluchen gegen mich:
Du segnest.
Meine Feinde sollen untergehen.
Ich aber werde triumphieren.
Jene, die mich verklagt haben,
sollen sich mit ihrer Schande zudecken.
Ihre Schande soll ihr Gewand sein.

Ich will den Herrn preisen, ganz laut,
vor einer gewaltigen Masse werde ich ihn rühmen.
Denn ER ist es, der dem Unterdrückten beisteht
und ihn vor den furchtbaren Richtern rettet.

PSALM 114

Als Israel aus Ägypten floh,
unser Volk vor Menschen einer fremden Sprache,
da wurde Juda das Heiligtum Gottes
und Israel sein Hoheitsgebiet.
Das Meer sah es und floh.
Der Jordan schreckte zurück.
Die Berge sprangen wie Widder umher,
die Hügel wie junge Lämmer.
Warum, Meer, flüchtest du?
Warum, Jordan, schreckst du zurück?
Warum, ihr Berge, springt ihr wie Widder umher?
Warum, ihr Hügel, wie junge Lämmer?
Ja, erschauere, Erde,
vor ihm, dem Gott Jakobs,
der aus dem Felsen einen Wasserfall macht
und ein paar Kiesel zu einer Quelle.

Es geht nicht um uns, Herr,
nicht um uns,
sondern um Dich und Deinen Namen
und ob Du da bist
und Dich zeigst!

Warum sollen die anderen sagen können:
›Wo ist er denn nur, ihr Gott?‹!

Unser Gott ist im Himmel.
Er waltet von dort her, wie er will.
Die Götter der anderen aber sind aus Silber
und Gold...
Menschenhandwerk.
Sie haben ein Maul,
mit dem sie nicht reden können.
Sie haben Glotzaugen,
mit denen sie nichts sehen.
Ohren haben sie auch!
hören aber tun sie nichts.
Und auch noch eine Nase,
die nicht riechen kann, sehe ich,
Hände sind da, umsonst,
und Füße, die niemals gehen werden.
Diese Götter bleiben vollkommen stumm.

Ihre Schöpfer sollen sein wie ihr Machwerk.
Allen gehe es so, die auf Götter bauen.

Israel!
Vertrau du auf den Herrn!

Er ist eure Hilfe und eure Verteidigung!
Ihr von Aaron!
Vertrau dem Herrn!
Er ist eure Hilfe und eure Verteidigung!
Ihr alle,
die ihr unseren Gott anerkennt,
vertraut ihm!
Er ist eure Hilfe und eure Verteidigung!

Er denkt an uns, und
wir werden gesegnet sein.
Israel wird gesegnet sein.
Aaron wird gesegnet sein.
Alle werden gesegnet sein, von Ihm,
alle, die zu ihm aufschauen,
Kleine und Große,
Der Herr mache euch fruchtbar,
euch und eure Kinder!
Seid gesegnet von Ihm, der Himmel und Erde gemacht hat.
Der Himmel gehört ihm ganz allein,
die Erde aber gab er den Menschen.

Ein Toter wird ihn nicht mehr preisen können.
Kein einziger, der der Grabesruhe anheim gegeben ist.
Wir aber werden ihn preisen,
jetzt und für immer,
Preist Ihn!
Halleluja!

PSALM 116, 1–9

Ich liebe ihn,
denn er hörte mich.
Er erhörte mich, genau an dem Tag, an dem ich
zu ihm schrie!
Ich war vom Tod umschlungen.
Die Todesangst beherrschte mich.
Ich saß im Dreck.
Da schrie ich zu Gott.
Rette mich! schrie ich.
Der Herr ist gerecht. Er verzeiht.
Er hat Mitleid mit uns. Er rettet uns.
Gerade die einfachen Herzen hütet er, zum Beispiel
mich: ich war ganz hilflos, da hat er mir geholfen!
Und nun: beruhige dich wieder, mein Herz!
Bist du nicht wieder einmal, noch einmal davon-
gekommen?
Ja, noch einmal. Das Leben dem Tod entrissen,
mein Leben, hast du!
Ich muß nicht mehr weinen.
Ich trudle nicht mehr.
So gehe ich weiter fest meinen Weg, mit allem,
was lebt, in deinem Licht.

PSALM 116, 10-19

Ich habe immer auf dich gehofft,
gerade wenn ich jedem sagte:
›Es ist alles umsonst!‹

Mir verschlug es die Sprache, als ich erfahren
mußte:
Die Menschen lügen. Alle.

Doch wie kann ich dem Herrn danken für das,
was er mir Gutes getan hat?
Ich will das Glas erheben
und auf ihn trinken.
Ich will erfüllen,
was ich versprochen habe,
vor der ganzen Welt.
Der Herr sieht es gern,
wenn einer im Glauben stirbt.
Ich gehöre ganz dir; dir gehöre ich, bin
von einer Magd geboren,
bin Sohn deiner Magd!
Durch dich bin ich frei.
Ich will dir für alles danken! Dich preisen
vor den Augen der Welt.
Vor dem Tempel und in Jerusalem,
in deiner Mitte, Halleluja!

PSALM 117

Preist ihn, den Herrn
aller Völker,
preist ihn, alle ihr, Länder!

Denn über uns allen ist sein Glänzen.
Seine Treue wird leuchten solange wie
die Ewigkeit.
Halleluja!

PSALM 118

›Dankt Ihm,
denn Er ist gut
und unser Gott ist er,
auf ewig!‹

Das soll Israel nachsprechen:
›Er ist unser Gott auf ewig!‹
Und auch Aaron soll es nachsprechen:
›Er ist unser Gott auf ewig‹
Alle sollen es nachsprechen, die ihn anerkennen
und auf ihn bauen:
›Er ist unser Gott auf ewig!‹

In die Enge getrieben
habe ich zu ihm geschrien.
Er hat es gehört und mich befreit.
Er ist bei mir.
Ich habe keine Angst.
Was wollen die Menschen noch?
Er ist bei mir.
Er ist meine Rettung.
So getrost kann ich auf alle herabschauen,
die mich hassen.
Lieber ein Nest bei ihm
als bei den Menschen.
Besser auf ihn angewiesen
als auf die Herren dieser Welt.
Die Völker umzingeln mich alle.
Ich schlage sie zurück in seinem Namen.
Sie haben mich umzingelt
und umzingeln mich.

Ich wimmle sie ab in seinem Namen.
Sie schwirren um mich herum
wie Wespen.
Sie sind ein Strohfeuer und verlöschen.
Ich wimmle sie ab in seinem Namen.
Sie schlugen gegen mich und wollten mich
zu Fall bringen.
Er aber hat mir unter die Arme gegriffen.

Meine Stärke und mein Lied ist der Herr!

Er ist meine Rettung.
Siegestaumel und Jubel höre ich von den Häusern
der Aufrechten her;
Seine Hand ist etwas Gewaltiges. Habt acht!
Seine rechte Hand ist gewaltig!

Ich werde nicht sterben.
Ich werde leben.
Ich werde es der Welt verkünden,
was er getan hat.
Er hat mich geschlagen,
doch dem Tod übergeben,
das hat er mich nicht!
Öffnet mir das Tor der Gerechtigkeit!
Ich will hinein zu ihm und ihm danken.
Das ist das Tor zu ihm.
Nur wer gerecht ist, kommt hier herein!
Ich danke dir,
daß du mich gehört hast,
ja,
du hast mich derart gerettet.

Der Baustein, den die Bauleute verwarfen,
ist zum Eckstein geworden.
Das ist durch Ihn geschehen.
Ein Wunder, das sich vor unseren Augen ereignete.

Das ist der Tag des Herrn!
Wir wollen ihn feiern.
Er soll unsere Freude sein.

Ach,

Herr, hilf doch!
Ach Herr, laß es doch gutgehen!
Benedictus qui venit in Nomine Domini!
Und wir segnen euch,
von seinem Haus her.
Er, der Herr, erleuchte uns.

Mit Blumen in den Händen kommt zusammen.
Zum Tanz. Bis zum Fuß des Altars

Du bist mein Gott.
Dir will ich danken,
mein Gott.
Dich werde ich preisen,
›Dankt Ihm,
denn Er ist gut,
und unser Gott ist er,
auf ewig!‹

PSALM 121

Ich schaue zu den Bergen hoch:
aus welcher Richtung wird die Hilfe kommen?
Meine Hilfe kommt von *ihm* her,
der Himmel und Erde gemacht hat.
Er wird dich nicht stolpern lassen.
Jener, der dich bewacht, schläft nicht.
Nein, der Wächter Israels schläft und
schlummert nicht.
Auch *dein* Wächter ist er.
Er gibt dir Schatten.
Er ist dein Geleitschutz.
Am Tag wird dir die Sonne nichts antun
und nicht der Mond in der Nacht.
Vor dem Bösen schützt er dich.
Er hüte dein Leben.
Er behüte dich beim Kommen und Gehen,
heute und immer.

PSALM 122

Voll Freude war ich,
da sie mir sagten:
›Wir ziehen zum Hause des Herrn!‹

Und nun stehen wir
mit unseren Füßen in dir,
Jerusalem,
Jerusalem, starke Stadt,
dicht gebaut, fest gefügt.
Da hinauf ziehen die Stämme,
die Stämme des Herrn,
wie es Israel geboten ist vom Herrn
ihn zu preisen
Dort stehen die Throne des Gerichts bereit,
die Throne des Hauses David.
Friede für Jerusalem!
Betet darum!
Jeder, der dich liebt, sei geborgen in dir.
Friede sei in deinen Mauern,
Zufriedenheit in deinen Häusern.
Friede sei in dir! sage ich,
meinen Brüdern und Freunden zulieb.
Seinem Tempel zulieb
will ich für Jerusalem
Glück und Segen erflehn.

Hätte uns nicht Gott herausgerissen,
– das soll Israel sagen! –
hätte nicht der Herr uns herausgerissen, als
Menschen sich gegen uns erhoben,
dann hätten sie uns lebendig verschlungen,
in ihrem tödlichen Haß gegen uns.
Oder die Wasser hätten uns hinweggerissen,
hätte eine Flut uns alle hinweggespült.
Von Wasser, wildem, alles ersäufendem Wasser
wären wir weggerissen worden!

Gepriesen sei der Herr!, der uns nicht
ihren Zähnen, uns nicht als ihr Opfer überließ.

Ach, so sind wir gerade noch einmal gerettet
worden,
wie Vögel, die schon im Netz waren.
Doch das Netz zerriß.
Wir sind frei!

Unsere Hilfe kommt von *ihm* her,
der Himmel und Erde gemacht hat.

PSALM 126

Als der Herr der Gefangenschaft
Zions ein Ende setzte,
war alles wie ein Traum.
Wir lachten und jubelten.
Da hieß es bei den anderen Völkern:
Also hat sie ihr Gott doch noch
gerettet.
Ja, er hat uns aufs wunderbarste gerettet.
Überglücklich waren wir.

Ach Herr,
rette uns doch noch einmal, wieder einmal,
so wie du im Negev die Bäche wieder füllst
nach der Trockenzeit.
Wer in Tränen säen muß,
wird unter Jubel die Ernte heimfahren.
Hin unter Tränen, so gesät,
zurück in Jubel:
so bringen sie ihre Garben heim.

Wenn nicht der Herr das Haus baut,
ist alles umsonst gebaut.
Wenn nicht der Herr die Stadt bewacht,
ist alles umsonst bewacht.
Umsonst,
daß ihr aufsteht in aller Herrgottsfrühe
und Feierabend macht kurz vor dem
Einschlafen, und noch schnell ein hartes Brot
hinabschlingt,
denn:
den Seinen gibt's der Herr im Schlaf.
Kinder sind Geschenke des Herrn.
Sie sind Früchte, Leibesfrüchte.
Sie sind ein gutes Kapital, die besten Waffen:
Söhne, die einer in den Jahren und Nächten
seiner Jugend gezeugt hat.
Jener ist gut dran, der so etwas in Reserve hat.
Im Streit werden sie nicht untergehen.

PSALM 129

Sie haben mir von Anfang an zugesetzt
– so soll Israel sagen –,
sie wollten mir immer schon ans Leben, doch
sie konnten mich nicht ausrotten!
Sie haben es nicht geschafft.
Sie haben auf meinem Rücken gepflügt.
Sie sind mit Pflugscharen über mich hinweg.
Tiefe Furchen sind da gezogen.
Doch schließlich hat der Herr ihrem Teufelswerk
ein Ende gesetzt.
Verschwinden sollen sie, sich in Schande auflösen,
alle, die uns trotz allem hassen.
Sie sollen sein wie das Gras auf dem Dach,
das von selbst verdorrt.
Sie sollen sein: nichts, für niemanden.
Keiner soll im Vorbeigehen sagen:
›Der Segen des Herrn sei mit euch!‹
Wir aber segnen euch,
im Namen des Herrn!

PSALM 130

Von ganz unten schreie ich zu dir, Herr!
Herr, kannst du mich hören?
Höre mich!
Hörst du, wie ich schreie?
Es könnte doch kein Mensch bestehen,
wolltest du nur zählen, was einer alles falsch
gemacht hat!
Du bist doch einer, der Mitleid hat
und verzeiht!
Einer, der will, daß der Mensch immer wieder
auf die Füße kommt, aufsteht und ein Mensch ist.
Ich hoffe auf dich!
Ich hoffe nur noch, mit Leib und Seele,
alles an mir hofft.
Mehr als die Wache auf den Morgen
warte ich auf dich.
Und so soll auch Israel hoffen,
denn *Er* verzeiht und erlöst, vollkommen,
keine Schuld bleibt zurück.
Er wird Israel retten,
von all seinen Sünden.

PSALM 131

Mein Herr,
mein Herz ist nicht verstiegen,
meine Augen schweifen nicht überheblich umher,
und ich befasse mich nicht mit Dingen,
die mir zu hoch und zu fremd sind.
Meine Seele ist ganz ruhig geworden,
wie ein Kind, das entwöhnt ist.
Wie ein Kind bei der Mutter, so ist
meine Seele bei mir.

Israel soll auf den Herrn setzen,
von jetzt an, in Ewigkeit!

PSALM 133

Ja,
schön ist es und gut,
wenn Menschen als Freunde zusammen sind.
Es ist wie im Bad.
Ich werde vollkommen rein und geschmeidig,
wie Aaron in seinem überquellenden Glanz.
Es ist, als ob der Tau vom Hermon herunter
bis zum Zion hin sich ausbreitete:
es ist wie bei ihm, dem Quell des Lebens,
es ist wie auf immer und ewig.

PSALM 137

An den Flüssen von Babylon
saßen wir, weinten wir und sehnten uns
nach dem Zion.
Die Harfen hatten wir in die Weiden gehängt.
Doch unsere Herren verlangten Lieder von uns.
Wir wurden geschändet, und dazu sollten wir
auch noch singen.
›Etwas Musik, bitteschön!‹ – – –
›Zionslieder!‹ – – –
Wie hätten wir da singen sollen?
Die Psalmen!
Dazu noch in der Fremde!
Und doch.

Sollte ich je vergessen dich,
mein Jerusalem! dann soll mir
die rechte Hand abfallen!
Meine Zunge soll mir versagen,
sollte *dich!* vergessen ich, – – –
sollte Jerusalem,
mein Ein und Alles nicht sein,
und meine wahre Freude.
Herr!
vergiß auch den Edomitern nicht,
was sie Jerusalem angetan haben. Sie jubelten.
Zerstört es! jubelten sie.
Laß es von der Bildfläche verschwinden!
Löscht es aus! – – – So trieben sie die Zerstörer an.

Und weh dir, Babylon, du Erzzerstörerin!
Selig Jener, der dir heimzahlt,
was du uns angetan hast.

Herr,
du hast mich durchleuchtet
und nun kennst du mich.
Ich kann sitzen oder stehen:
du weißt, wer ich bin
und was ich denke.
Ich kann herumliegen oder herumgehen,
du weißt, wohin ich unterwegs bin.
Noch bevor ich den Mund öffne, weißt du schon,
was ich sagen will.
Du hast mich durch und durch erkannt
und deine Hand auf mich gelegt.
Zu wunderbar bist du für mich,
ich kann dich nicht begreifen.
Wohin könnte ich vor dir fliehen,
wo mich vor deiner Gegenwart verstecken?
Steige ich in den Himmel,
bist du dort.
Bette ich mich irgendwo ganz unten,
auch dort bist du.
Nehme ich die Flügel des Morgenrots
und lasse ich mich nieder am fernsten Meer,
auch dort wird *deine Hand* mich ergreifen,
deine rechte Hand mich packen.

Und sage ich:
Nacht soll über mich kommen.
Nacht statt Licht!
wird die Nacht keine Nacht sein,
die Nacht wird taghell sein für dich,
die Finsternis wird leuchten.

Denn ich bin im Innersten
ganz deine Schöpfung,
du hast mich *gemacht*
im Bauch meiner Mutter.
Ich danke dir, daß du etwas so
Merkwürdiges geformt hast wie mich!
Ich weiß, daß es wunderbar ist,
was du tust.
Als ich da im Dunkel entstand,
war nichts an mir dir verborgen.
Deine Augen haben gesehen,
wie ich wuchs.
In deinem Buch war schon alles verzeichnet.
Meine Tage standen schon fest,
als noch keiner von ihnen da war.

Wie unausdenklich sind für mich
deine Gedanken, Gott,
wie ohne Ende ihre Zahl!
Wollte ich sie zählen:
die Atome des Universums wären nichts dagegen.
Und sollte ich dabei zu einem Ende kommen,
wäre ich immer noch bei dir.

Ach, Gott! Töte doch den Menschen, der mich
weghaben will!
Laßt mich in Frieden, ihr Menschen!
Ihr Ungeheuer, ihr blutgierigen, ihr Unmenschen!

Sie ziehen über dich her! Ganz heimtückisch!
Sie ziehen deinen Namen in den Dreck!
Soll ich die denn nicht hassen,
die dich hassen, Herr?

Die nicht verabscheuen, die derart gegen dich
sind?
Ja,
ich hasse sie!
Mein Haß glüht.
Sie sind meine Feinde.

Und nun:
durchleuchte mich noch einmal
und stoß auf mein Herz:
sieh mich an und urteile,
was du von mir hältst!
Bin ich nicht auf deinem Weg?
Hilf mir,
auf deinem Weg zu sein!

PSALM 146

Lobe den Herrn, meine Seele.

Ich will ihn preisen, solange ich lebe.
Singen und spielen ihm, solange ich da bin.

Verlaßt euch nicht auf Fürsten.
Sie sind Menschen.
Von ihnen ist keine Hilfe zu erwarten.
Und wenn ein Mensch aufgehört hat
zu atmen und er zur Erde zurückkehrt,
ist es aus mit seinem vollen Terminkalender
und seinen Projekten.
Wohl dem, dessen Sicherheit dann der Herr ist,
der alte Gott, auf den alle Hoffnung
gesetzt war.
Er ist der Gott, der Himmel und Erde
gemacht hat, das Meer, und alles, was lebt.
Er ist einer, der dem Leben treu ist,
solange es Leben gibt.
Den Unterdrückten dieser Welt verschafft er
Recht.
Den Hungernden dieser Welt gibt er zu essen.
Die Gefangenen befreit er.
Die Blinden werden sehen.
Die Niedergeschlagenen werden aufrecht gehen.
Die Fremden wird er schützen
vor der Fremdenpolizei.
Die Randfiguren des Lebens, alle,
die ohne Lebensversicherung leben,
wird er leben lassen.

Der Herr liebt den Menschen, der gerecht ist.
Die Schritte des Vermessenen aber
dirigiert er zum Abgrund.
Der Herr ist König auf ewig.
Dieser dein Gott, Zion, herrscht
auf immer und ewig.
Halleluja!

Halleluja.
Es ist gut, unserem Gott zu singen,
schön auch, ihn zu preisen.

Er baut Jerusalem wieder auf.
Er führt die in alle Welt Zerstreuten
Israels heim.
Er heilt die gebrochenen Herzen.
Er verbindet die Wunden, die schmerzen.
Er setzt fest, wie viele Sterne es sein sollen
und ruft sie alle mit Namen.
Ja, unser Herr ist etwas Großes
und Gewaltiges, etwas Unermeßliches.
Jene, die zur Strecke gebracht werden sollen,
hebt er auf. Die anderen aber, die leben, als ob
es ihn nicht gäbe und so handeln, wird er
kleinmachen.

Und nun ein Danklied mit Harfe unserem Gott!
Wunderbare, den Regen bringende Wolken
läßt er am Himmel erscheinen,
regnen läßt er und Gras wachsen auf den Bergen.
Auch die Tiere füttert er.
Auch den Raben gibt er, wonach sie schreien.
Mit Pferdestärken kann man ihm
nicht imponieren.
Und auch von Olympischen Spielen zu seinen Ehren
hält er nichts.
Er will nichts anderes vom Menschen, nur soviel:
daß sie wissen,

daß er da ist,
daß es ihn gibt.
Jene liebt er, die aus ganzem Herzen
seine Ankunft erwarten.

Gepriesen sei der Herr
im Himmel!
Gepriesen sei er in seiner Höhe!
Preist ihn, all seine Engel!
Preist ihn, ihr seine himmlischen Scharen.
Preist ihn, all ihr Sterne
und leuchtet.
Preist ihn, ihr Himmel der Himmel,
und ihr Wasser über den Himmeln.
Gepriesen sei der Name des Herrn
durch sie.
Denn er gab ein Zeichen
und da waren sie.
Er hat sie einfach hingestellt
auf immer und ewig
und gab ihnen ein Gesetz,
über das sie niemals hinauskönnen.
Gepriesen sei der Herr von euch,
ihr auf der Erde!
Preist ihn, ihr Meeresungeheuer!
Preist ihn, ihr Abgründe!
Ihr Feuer!
Auch du, Hagel!
Und du, Schnee!
Preist ihn, alle ihr Nebel!
Und du, Sturmwind,
der du sein Sprachrohr bist.

Preist ihn,
Berge, Hügel, fruchttragende Bäume
und Wälder.

Preist ihn,
wilde Tiere, mit euerer Wildheit!
Preise ihn, Vieh, mit deiner Stummheit,
preist ihn, Ungeziefer und Paradiesvögel.
Preist ihn, ihr Könige auf Erden.
Preist ihn, alle Völker preist ihn.
Ihr zahllosen Fürsten und ihr ungezählten
Richter dieser Welt.
Ihr Männer mit euerer Jugend
und auch ihr Mädchen.
Ihr Alten mit euerem Alter,
jung und alt zusammen!
Preist ihn mit dem, was ihr seid.
Gepriesen sei der Name des Herrn,
denn allein dieser Name ist
über uns allen.
Er leuchtet und strahlt über allem.
Er verleiht Macht seinem Volk.
Von da ein Abglanz für seine Frommen,
die Kinder Israels.
Dies ist ein Volk, das ihm nah ist.
Halleluja!

PSALM 150

Halleluja! Preist ihn in seinem Himmel!
Preist ihn in seiner Herrlichkeit!
Preist ihn seiner Welt zuliebe!
Preist ihn mit euren Stimmen und Instrumenten!
Preist ihn mit allem, mit allem,
was Klang hat!
Preist ihn mit Tanz, mit allem,
was sich bewegt!
Preist ihn mit eurem ganzen Leben!
Preist ihn mit der schönsten Musik!
Priest ihn mit der schrillsten Musik!
Alles, was Odem hat, lobe den Herrn, Halleluja!
Halleluja!

DIE MENSCHEN LÜGEN. ALLE
Eine Übertragung

Keine Gedichtsammlung der Welt wurde so oft ins Deutsche übersetzt aus dem Hebräischen, aber auch Lateinischen und Griechischen, wie das Buch der Psalmen. In einer Sprache voller Leben – dem biblischen Hebräisch – verfaßt, sind sie selbst voller Leben. Auf der ganzen Welt und in ihren Sprachen werden sie gelesen oder gebetet oder gesungen, von einem einzigen Menschen oder mehreren zusammen, so auch in diesem Augenblick. Das Buch der Psalmen, eines von über fünfzig Büchern der hebräischen Bibel, die die Christen ›Altes Testament‹ nennen, sind *Gebrauchstexte.* Aber was für welche! Obwohl nicht in dieser Absicht verfaßt, sind die Psalmen doch Zeugnisse der Weltliteratur, die diese immer wieder beeinflußt und bereichert haben. Nicht alle sind von gleich hoher literarischer Qualität, kein Wunder bei den vielen, namentlich meist unbekannten Verfassern. Viele sprechen *uns* über die Jahrtausende hinweg unmittelbar an, bis zum heutigen Tag. Sie sind alle auf Gott hin ausgerichtet. Doch zugleich geht es um den Menschen, der diese Psalmen betet oder singt – oder auch nur liest.

Die Psalmen sind nicht vom Himmel gefallen, sondern von zahlreichen, religiös wie dichterisch inspirierten Autoren im Verlauf eines Jahrtausends verfaßt. Sie stellen eine Anthologie dar, eine Art Gebet- und Gesangbuch, das wohl am Zentralheiligtum, dem (ersten, von Salomon errichteten, und dem zweiten, nach dem babylonischen Exil wiederaufgebauten) Tempel von Jerusalem, eingerichtet wurde. Die zeitliche Spannweite von der Entstehung des ältesten Psalms bis zum Abschluß der Sammlung ist enorm. Zum Vergleich: als ob die deutsche Dichtung in einer einzigen Anthologie versammelt wäre, von Notker von Sankt Gallen bis zu Bertolt Brecht.

Die zeitliche erklärt zum Teil auch die inhaltliche Spannweite.
Die vorliegende Ausgabe umfaßt ein Drittel des Textvolumens, das im ›Sefer Tehillim‹ (Martin Buber gibt diese hebräische [Original-]Bezeichnung mit ›Buch der Preisungen‹ wieder) versammelt ist. Sie stellt *keinen* weiteren Übersetzungsversuch dar. *Dies ist keine Übersetzung.* Das wäre ein törichter Ehrgeiz, eine merkwürdige Vermessenheit. Denn, wie schon gesagt, es gibt in der deutschen Sprache oder Literatur keinen Text, der häufiger und genauer übersetzt worden wäre. Die Geschichte der deutschen Sprache und der Übersetzung ins Deutsche ist, von frühen Interlinearversuchen an, an den Psalmen zu studieren. Die Psalmen wurden zu einem frühen poetischen Modell im Deutschen. Die bekannteste Übersetzung, die Luthers, ist, gerade wegen ihrer sprachlichen Schönheit, normativ geworden. Und sämtliche Verbesserungen, die sich aus der Textkritik ergaben, sind in die sogenannte ›Einheitsübersetzung‹ (ein Gemeinschaftswerk der Katholischen und Evangelischen Kirche, das 1980 erschienen ist) eingeflossen. Und doch! Gerade diese Einheitsübersetzung, mit der ich als Theologe arbeiten mußte, hat mich zuweilen verstimmt. Gewiß, diese mehr oder weniger präzise Übersetzung war nicht für mich, sondern (im Prinzip) für alle, für die ganze Gemeinde der Gläubigen. Gut. Doch: Arme Gemeinde! Übersetzen heißt doch auch: zur Sprache bringen. Nicht zu Tode übersetzen, sondern in eine Sprache, die lebt. Aber wo leben ›Frevler‹, zum Beispiel? Oder wo wird so gelebt, gesprochen und verstanden wie in dieser Einheitsübersetzung? *Darin* wollte ich diesen Texten möglichst treu sein, indem ich versucht habe, die Psalmen als Gedichte wiederzugeben. Ein tödlich genauer Wortlaut, wie ihn eine philologisch höchst präzise Wiedergabe darstellt, bedeutet vielleicht auch eine Übersetzung zu Tode: das Ende

des Gedichts. Übersetzt werden kann auf einer philologisch-theologischen Ebene, hinter jedem übersetzten Wort kann ein ganzes Studium stehen, und doch: eine Übersetzung, die philologisch ›korrekt‹ ist, muß noch lange nicht dichterisch ›korrekt‹ sein. Die Übersetzerarbeit der Einheitsübersetzung ist wohl eine philologische Leistung. Was aber ist mit den Psalmen als Dichtungen?

Martin Bubers großartige Arbeit – zugleich Übersetzung und Sprachschöpfung – ist nun schon ein Menschenleben, gerechnet im Psalmenmaß (vgl. Psalm 90), alt. Sie war für mich ein Vorbild und Ermutigung, einen eigenen Versuch zu wagen. Bewegt haben mich auch die ›Psalmen‹ von Ernesto Cardenal, die weniger, aber auch mehr als eine Übersetzung sind. Cardenal hat, das glaube ich, den Geist der Psalmen in seinem Versuch erfaßt. Ihm verdanke ich den Impuls, zu fragen: Was sagen diese Texte, und was sagen sie mir? Über das Buch der Psalmen hinaus werden bis zum heutigen Tag Gedichte und Lieder (›songs‹) geschrieben, die Psalmen sind, auch wenn sie nicht immer so heißen, zum Beispiel das herrliche ›Morning has broken‹ von Cat Stevens, ein Morgen-Psalm.

Mein Übertragungsversuch, diese Anthologie einer Anthologie, ist auch ein Zeichen der Faszination, welche das Buch der Psalmen bis heute ausstrahlt und so Menschen, Dichter und Leser, Beter und Sänger, über dreitausend Jahre verbindet. Vor dreitausend Jahren, um das Jahr 1000 vor unserer Zeitrechnung, regierte David, ›rex et poeta‹, über Israel. Er, der größte König Israels, war auch ein großer Sänger und Dichter. Zahlreiche Psalmen nennen ihn in der Überschrift. Vor ziemlich genau 3000 Jahren hat er Jerusalem, die Stadt der Psalmen, zu seiner Stadt gemacht.

Die Psalmen sind voller Leben, wirklich, nicht buchstäblich.

Selten sind Leben und Literatur eine solche Einheit eingegangen. Und auch deswegen gibt es das Ungefügte, die Abbrüche, den verstörenden Widerspruch. An mancher Stelle vernehme ich noch den schnellen Atem, die Atemlosigkeit, die Empörung und den Schmerz dessen, der da spricht, nein: schreit. Ich habe die unerhörten Wendungen, das scheinbar nicht Zusammengehörende so gelassen, wie es vom Psalmisten aufgeschrieben wurde oder in das Buch der Psalmen gelangt ist. Die Exegeten haben das Wort ›Stimmungsumschwung‹ für derartige Abbrüche oder Perspektivenwechsel (zuweilen wirklich um 180 Grad) gefunden. Die Psalmen sind keine klassizistischen Gebilde. Sie orientieren sich nicht an einer der Regelpoetiken unserer Breiten, sondern am Herzen eines aufgewühlten oder begeisterten, enthusiastischen oder deprimierten, hilflosen oder dankbaren, immer aber: Menschen, der nach Worten sucht und sie (meist) findet. So sind die Psalmen, ohne daß ihre Verfasser es wollten, ›modern‹; und zwar nicht wegen des Fehlens von Reim, Strophe und anderen formalen Kategorien. Sie sprechen uns unmittelbar an.

Die Psalmen sind auch Kunstwerke, sie haben aber eine andere Vorgeschichte als das klassische oder romantische deutsche Gedicht. Ihr Kunstwerkcharakter ist geprägt von altorientalischen und babylonischen Einflüssen, von Ägypten. Die ›Poetik‹ der Psalmen ist der Dynamik des Lebens und ihrer Sprache abgelauscht. Das Hin und Her der Psalmen, ihre Bewegung, ihre Emotionalität, ihr Leben: dieses ist eben nicht systematisch und schon gar nicht mechanisch. Diese von Herzen, de profundis kommende Bewegung, diese Emotionalität, die sich auch noch auf Gott einläßt, selbst mit ihm streitet, dürfte wohl auch erklären helfen, was die sogenannten Fluchverse sind: Zeugnisse der Erregung, menschlichen Ursprungs. Aber es bleibt ja nicht bei Verwünschungen

und Flüchen. Dennoch: ›Christliche‹ Heimholungsversuche dürften gerade hier versagen.
Im Zusammenhang mit dieser Erregung des Menschen ist auch der Titel dieser Anthologie zu sehen: DIE MENSCHEN LÜGEN. ALLE. – Warum dieser Titel? Zunächst sagt das so Psalm 116, Vers 11. Und dann ist es von einem Menschen gesagt, der zu Gott als dem letzten Verbündeten des Menschen geflohen ist. Dieser Mensch ist einer, der zu Gott, der letzten Instanz, flieht vor ›den Menschen‹ und ihn als Anwalt, Zeugen und Richter seiner Sache, d. h. seines Lebens, als sein ›Ein und Alles‹ erhofft. So ist DIE MENSCHEN LÜGEN. ALLE mehr und anderes als eine bloße Feststellung – vielleicht befremdend, aber aufgehoben in diesem größeren Zusammenhang: über den unmittelbaren Wortlaut hinaus ein letzter Versuch, in der Sache des Menschen etwas zu erreichen beim Schöpfer und Grund des Lebens. Der ›Gesprächspartner‹ der Psalmen ist Gott, der Ewige, in seiner Herrlichkeit. Dem Menschen bleibt fast nichts, als zu staunen, daß es einen Gott gibt, der so etwas wie den Menschen geschaffen hat; einen Gott, dessen Herrlichkeit alles überstrahlt und die unabhängig ist von der Existenz und vom Fortbestehen des ephemeren Menschen und seiner Welt: ›Ich will meinem Gott singen mein Leben lang, / ihm spielen, solange ich da bin. / Möge ihm mein Dichten gefallen, / ich freue mich an meinem Gott!‹ (Psalm 104, 33/34) Dem Menschen in den Psalmen bleibt fast nichts, als diesen Gott zu rühmen oder – sich zu ihm fliehend – zu klagen. Rein numerisch überwiegen innerhalb der Psalmen sogar die Klagelieder. Erst an zweiter Stelle kommen die Preislieder oder Hymnen, quantitativ. Vielleicht entspricht diese Reihenfolge auch der conditio humana.
Die Psalmen sind nicht glatt oder handlich. Sie sind keine Texte der Empfindsamkeit. Sie lullen nicht ein, sondern rüh-

ren auf. Sie wenden sich an einen Gott, der da ist, hilft; und zwar Menschen *und* Tieren! Und der Mensch ist da, um diesen Gott zu preisen, bis hin zum letzten Psalmvers: »Alles, was Atem hat, preise den Herrn! Halleluja!«

*

Texttreue oder vermeintlich texttreue Übersetzer haben an dieser Stelle der ›Einheitsübersetzung‹ gegenüber, die ›behemot‹ mit ›Tiere‹ wiedergibt (schön und richtig, wie ich meine), bemerkt, hier liege eine Konzession an den sogenannten Zeitgeist vor und ein Verrat an Luther – so ein protestantischer Geistlicher in einem Leserbrief an die F. A.Z. Im Hebräischen stehe ›Behemah‹, das bedeute ›Vieh‹, das sogenannte Nutztier. ›Grüne Naturideologie‹ stehe hinter der neuen Übersetzung. – Hierzu möchte ich anmerken: Abgesehen davon, daß Luthers grandioser Versuch m.E. selbst mit ›Zeitgeist‹ zu tun hat, nämlich mit dem Geist seiner Zeit, trifft dieser Vorwurf die Übersetzer der EÜ zu Unrecht. Dem ›Zeitgeist‹ (im abwertenden Sinn) entspräche, sich gar nicht um eine Übersetzung der Heiligen Schrift zu bemühen. Außerdem: Der Leserbriefschreiber, der so sehr auf Luthers Texttreue pocht (nebenbei: so ›texttreu‹ war Luther wiederum auch nicht, z.B. übersetzte er dasselbe Wort ›schofteni‹ einmal mit: ›Schaffe mir Recht‹ – 26,1 –, in 43,1 jedoch mit ›Richte mich‹), übersieht oder unterschlägt, daß – vom ›Original‹ her gedacht, dem hebräischen Buch der Psalmen – Luthers ›Übersetzung‹ eine gigantische Umdeutung in den und im ›Geist‹ des ›Neuen Testaments‹ darstellt. Und damit geht er m.E. mit dem ›Originaltext‹ freier um, als die EÜ mit dem Wort ›behemah‹ (›Vieh‹). Was Luther unternommen hat, formuliert er selbst in seiner Vorrede auf den Psalter zur ›Biblia. Das ist die gantze Heilige Schrifft, Wittenberg 1545‹: ›VND solt der Psalter allein des halben thewr vnd lieb sein / das er von Christus sterben vnd aufferstehung / so klerlich verheisset / vnd sein Reich vnd der gantzen Christenheit stand vnd wesen furbildet. Das es wol möcht ein kleine Biblia heissen / darin alles auffs schönest vnd kürtzest / so in der gantzen Biblia stehet / gefasset vnd zu einem feinen Enchiridion oder Handbuch gemacht vnd bereitet ist. Das mich dünckt / Der heilige Geist habe selbs wöllen die mühe auff sich nemen / vnd eine kurtze Bibel vnd Exempelbuch von der gantzen Christenheit oder allen Heiligen zusamen bringen. Auff das / wer die gantzen Biblia nicht lesen kündte / hette hierin doch fast die gantze Summa verfasset in ein klein Büchlin.‹ Dies nur nebenbei. – Es war nicht der ›Zeitgeist‹ und auch nicht ›grüne‹ Naturideologie, die mich bewogen hätten, ›behemot‹ (pl.) mit ›Tieren‹ wiederzugeben, sondern die Überzeugung, daß auch diese Version dem Geist des Buches der Psalmen entspricht. Nur ein Drittel davon habe ich in eine Sprache übertragen wollen, die keine kanonische Geltung beansprucht: meine Sprache.

WOLFGANG FRÜHWALD

*»Eine Sehnsucht, die Sprache wurde«**

1. *»Introibo-Zeiten«*

Außer einer kurzen Zeit in einer der sogenannten »Zwergschulen« im Schwäbischen teile ich mit Arnold Stadler noch eine andere wichtige Erfahrung meines Lebens. Wie er nämlich war ich lange Jahre Mitglied einer der prägendsten Erziehungsinstitutionen der Welt. Ich war (wie er) schon mit sechs Jahren Ministrant und habe erst bei ihm gelernt, was dies unter anderem bedeutete: Wir Kinder begegneten sprachlicher Schönheit in einer Sprache, deren lateinische Formeln wir auswendig wußten, ohne auch nur ein einziges Wort davon zu verstehen. »Das erste Gedicht, das ich auswendig lernte«, beschreibt Arnold Stadler diese Erfahrung, »war in einer Sprache, die ich nicht verstand, das weithin aus Psalmen bestehende lateinische Stufengebet der römisch-katholischen Kirche. Es waren Psalmverse.«[1] So begann damals (1941, als ich Ministrant geworden bin, und noch 1961, als es Arnold Stadler wurde) die Messe mit dem vierten Vers des (nach der Zählung der Vulgata) 42. Psalms. »Introibo ad altare Dei (*Zum Altare Gottes will ich treten*)«, sprach der Priester, und der Ministrant antwortete anstelle der Gemeinde: »Ad Deum, qui laetificat iuventutem meam. (*Zu Gott, der mich erfreut von Jugend auf.*)« Seit der Liturgiereform wird dieses Eingangsgebet nicht mehr gesprochen, doch gibt es immerhin

* Laudatio auf Arnold Stadler bei der Verleihung des Stefan Andres-Preises am 3. Juli 2004 in Schweich.

1 »Die Menschen lügen. Alle« und andere Psalmen. Aus dem Hebräischen übertragen und mit einem Nachwort versehen von Arnold Stadler, S. 10.

nach der ersten Lesung den Antwortpsalm und den Hallelujaruf nach der zweiten. Noch immer erfahren weltweit Millionen junger Menschen (allein in Deutschland z. Zt. fast 400 000 Jungen und Mädchen)[2], die Schönheit ihrer zum Gebet fähigen Sprache durch die Rezitation althebräischer Poesie. Die Sprache der Psalmen, die tiefer in der Gebets- und Segens- und Leidenssprache unseres Alltags verwurzelt ist, als wir ahnen, hat Arnold Stadler von Kindheit an begleitet, sie hat sein Gottesbild und sein Menschenbild geprägt. Nicht nur dafür (denn inzwischen hat er ein großes erzählerisches Werk vorgelegt), aber vor allem für die existentiell glaubwürdige Anverwandlung dieser Sprache an den (wie Martin Walser es genannt hat) »Ausdrucksbedarf«[3] heutiger Generationen wurde er mit dem Stefan Andres-Preis ausgezeichnet.

2. Der »Verkehr des Herzens zwischen Himmel und Erde«

Im Interview mit dem SPIEGEL-Redakteur Mathias Schreiber hat Arnold Stadler im Juli 1999 auf die inzwischen nicht mehr originelle Frage, ob Gott nicht »endgültig – in Auschwitz gestorben sei«, geantwortet: »Der allmächtige Gute ja, aber den hat es eigentlich nie gegeben. Lesen Sie mal die Psalmen. Ich habe gerade 50 neu übersetzt. Wir sehnen uns zuweilen nach Dingen, die es möglicherweise gar nicht gibt. So könnte das mit Gott sein.« Und auf die Rückfrage, ob Gott mehr sei als »eine Metapher für das letztlich ungelöste Rätsel unseres Daseins«, lautete die eher unwillige Antwort: »Ich hatte bisher noch keine Erscheinung. Aber ich kann im SPIEGEL keine Beichte ablegen, ob ich an Gott glaube oder

2 Nachzulesen in der FINANCIAL TIMES vom 9. Juni 2004.

3 Martin Walser: Das Trotzdemschöne. Der Erzähler Arnold Stadler und seine Prosatrilogie. In: DER SPIEGEL 31 (1. August 1994), S. 150.

nicht. Es wäre schön, wenn es diesen Gott Abrahams gäbe – und wenn diese Welt nicht so miserabel wäre.«[4] Das ist in der Tat die Erfahrung der Psalmen für alle, die sich seit 3000 Jahren, lesend, hörend, singend, übertragend, auf diesen Ton einlassen. Es ist der Ton der Sehnsucht danach, daß es diesen Gott doch geben möge, einen Gott, der spricht und der mein Sprechen hört, einen Gott, zu dem ich sprechen kann, mit dem ich streite, zu dem ich klage, dem ich danke, den ich preise und rühme, zu dem ich – so sagt es Arnold Stadler – vor den Menschen fliehe »als dem letzten Verbündeten«, den ich mir »als Anwalt, Zeugen und Richter [meiner] Sache, das heißt [meines] Lebens, als [mein] ›Ein und Alles‹ erhoffe«.[5] Inmitten einer Götterwelt, die so zerrissen und vielgestaltig ist, wie sie bedrohlich ist, die sich selbst genügt, die von Kampf und Streit erschüttert und deren Macht endlich ist, gibt es da einen unsichtbaren Gott, der mit mir spricht und jenen »Verkehr des Herzens zwischen Himmel und Erde« ermöglicht, als den Stefan Andres das Gebet beschrieben hat?[6] »Daß der Mensch dafür dankt, daß Gott da ist, und daß der Mensch, der betende, da ist? Und daß beide füreinander da sind?«

Wie ein roter Faden zieht sich durch das (von uns Christen so genannte) Alte Testament das Bewußtsein, daß mit Gott zu sprechen ist. Wir hören, daß er sprach am Anfang aller Zei-

4 »Lektion der Vergänglichkeit«. SPIEGEL-Gespräch mit dem Schriftsteller Arnold Stadler über den Büchner-Preis, seine südbadische Geburtsstadt Meßkirch, Gott und den Tod als Romanthema. In: DER SPIEGEL 29 (19. Juli 1999), S. 160.

5 Stadler, Psalmen, S. 115.

6 Stefan Andres: Der Reporter Gottes. Eine Hörfolge in zehn Kapiteln. Frankfurt am Main 1954, S. 145. Das folgende Zitat ebd.

ten, als aus dem Nichts die Welten wurden und die Unendlichkeiten sich zu ordnen begannen, daß er mit den ersten Menschen redete, mit Adam und Eva, daß er mit den Vätern sprach, mit Noah und Abraham und Mose, daß er zu den Propheten und durch ihren Mund zu den Menschen sprach, daß David in Psalmen zu ihm und mit ihm redete. Und wir wissen (oder wir meinen zu wissen), daß er auch heute noch ansprechbar ist für jene, die zu ihm sprechen wollen. Adams »Wo bist du?« war die erste Gottesfrage in dieser Welt. Es ist die Frage nach dem Menschen und dem Menschlichen, die sich seither in allen zivilisatorischen Zuständen hartnäckig wiederholt. Sie wiederholt sich auch dort, wo der Mensch nun scheinbar aus eigener Vollmacht nach Ursprung und Ziel seines Lebens fragt. Wo bist du, Mensch, was ist dein Leben, was unterscheidet es von anderem und von anderer Leben in dieser Welt? Wer als Kind etwas von der Bedeutung solcher Fragen ahnt, weil sie ihm aus Texten entgegenkommen, die er zu lernen und zu lesen und aufmerksam zu hören hat, aus Texten, welche das Jahr und die Zeiten des Menschen »anschaulich«[7] ordnen, der erfährt etwas vom Zusammenhang des Ganzen, von der Spur des geschichtlichen Menschen in den ungeschichtlichen Weiten des Kosmos, von der Zerbrechlichkeit des Lebens und der schmerzhaft kurzen Spanne von Schönheit und Glück. Seit seiner »Introibo-Zeit«, wie Arnold Stadler die Kindheit um das sechste Lebensjahr herum nennt, ist ihm das Alte Testament mehr als eine Folge bunter Bilder und aufregender Geschichten, es ist Teil des Lebens. Schon das Kind erlebte die Bibel nicht als ein Lesebuch, sondern als ein Lebensbuch, aus den Psalmen erfuhr es sein Leben im Zusammenhang eines Gespräches mit dem Schöpfer alles Seienden: »Ich vernahm, daß es einen

7 Stadler, Psalmen, S. 11.

Gott gab, der ansprechbar war, wenn auch aus der Tiefe. So bekam ich gesagt, was für ein Mensch der Mensch ist und wie vergänglich er ist, einmalig und vergänglich.«

3. Übertragung oder Übersetzung?

Nach alldem sollte man annehmen, daß Arnold Stadler auf die allgegenwärtige (und lästige) Frage, ob es denn einen Text gebe, der sein Leben bestimmt oder verändert habe, geantwortet hätte: »Die Psalmen.« Doch er sagte: »Ihre Frage nach dem einen Text hat mich etwas in die Enge getrieben, denn den einen Text gab es nicht. Ich habe mit Worten und Wortfolgen gelebt und lebe mit und von ihnen. Sie sind Lebensgefährten und Lebensmittel.«[8] Wie »Stoßgebete« wirken biblische und andere literarische Verse und Formeln im Leben und in der Literatur, in den Essays und in den Romanen Arnold Stadlers, wie Stoßgebete wirken auch die vielen Psalmverse, die sein Werk durchziehen. »Immer noch sage ich, wenn es brenzlig wird: ›Der Herr ist mein Licht und mein Heil, vor wem die Angst!‹ (Psalm 27) vor mich hin oder ›Warum toben die Heiden‹, wenn ich die Welt nicht verstehe.«[9]

Die Psalmen also, noch einmal sei es betont, sind für diesen Autor, seit der Ministrantenzeit, ein Lebensbuch. Im Nachwort zu Stadlers Anthologie des 11. September 2001, nach dem biblischen Rätselwort »Tohuwabohu« genannt, ist der Mensch als *homo quaerens*, als das fragende und staunende Wesen beschrieben:

8 In: Arnold Stadler: Erbarmen mit dem Seziermesser. Über Literatur, Menschen und Orte. Mit einem Nachwort von Peter Hamm. Köln 2000, S. 51.

9 Ebd., S. 52.

»Was wäre der Mensch für ein Gott! dachte ich, wenn man ihn tatsächlich ›machen‹ ließe, wie es im achten Psalm heißt, der vielleicht zum ersten Mal in der Weltliteratur, noch vor den Vorsokratikern, fragt und staunt: ›Was ist der Mensch, daß du an ihn gedacht hast? Dieses Menschenkind, daß du es machen läßt? – Du hast ihn ja nur um ein paar Zentimeter unter die Engel (mit ihren Flügeln) gestellt‹ – –.«[10]

Arnold Stadler hat diese Frage aus Psalm 8 in seinem Werk immer wieder gestellt. Sie ist die Entsprechung zur ersten Gottesfrage aus der Genesis und gehört zu den Basisfragen menschlicher Existenz: »[...] was das für eine Welt ist, auf der wir leben, und mit was für einem Menschen darauf, unsicher, ob der Mensch ein Mensch oder ein Unmensch ist, ungewiß, ob verloren oder aufgehoben in der Unendlichkeit. Es sind auch meine und unsere Fragen. Nach wie vor.«[11]

In der literarischen Öffentlichkeit ist Arnold Stadlers Übertragung von fünfzig Psalmen aus dem hebräischen Urtext (1999) zunächst vom Erstaunen darüber und dem kritischen Respekt davor überdeckt worden, daß ihm, als einem bis dahin nur den Eingeweihten als ein großes poetisches Talent bekannten Autor, in diesem Jahr der Georg Büchner-Preis verliehen wurde.[12] Was bedeutete schon eine Psalmenüber-

10 Arnold Stadler: Statt eines Epilogs: »Z'semme g'keit« – Eingestürzt. In: Tohuwabohu. Heiliges und Profanes, gelesen und wiedergelesen von Arnold Stadler nach dem 11. September 2001 und darüber hinaus. Köln 2002, S. 360f.

11 Arnold Stadler: Einführung zu einer Lesung aus Reinhold Schneiders Buch »Winter in Wien« am 13. Mai 2003 in Freiburg i. Br.

12 Der Ausgabe im Insel Verlag (1999) ging eine Auswahl im Residenz-Verlag, Salzburg, voraus: Warum toben die Heiden und an-

setzung mehr oder weniger in einer Sprache, deren Stil- und Übersetzungskultur sich (in allen Tönen und Dialekten) von Notker, dem im Jahre 1022 gestorbenen Lehrer der Klosterschule von St. Gallen, über Martin Luther, Moses Mendelssohn und Johann Gottfried Herder bis zu Martin Buber, Bertolt Brecht, Romano Guardini, Paul Celan und noch Kurt Marti[13] an der Geschichte dieser Übersetzungen und Nachdichtungen beschreiben ließe! Schließlich hat Arnold Stadler selbst 1986 mit einer Arbeit über »Das Buch der Psalmen und die deutschsprachige Lyrik des 20. Jahrhunderts«, also mit einer Untersuchung zu den Psalmen Paul Celans und den Antipsalmen Bertolt Brechts, promoviert.

Aber das Ereignis der Psalmenübertragung Arnold Stadlers ist weit mehr als das einer neuen Übersetzung. Das Ereignis dieses Buches ist, daß es weder in Konkurrenz zu den Philologen tritt noch in Wettbewerb mit den ungezählten Psalmisten und Antipsalmisten deutscher Sprache, sondern daß es eine bescheidene und eben dadurch anrührende Mitte hält zwischen Übersetzung und Nachdichtung, daß es eine *Übertragung* ist. Sein Buch, schreibt Arnold Stadler im Nachwort, stelle »*keinen* weiteren Übersetzungsversuch dar. *Dies ist keine Übersetzung.*« Ein solcher Versuch wäre »ein törichter Ehrgeiz, eine merkwürdige Vermessenheit. Denn, wie schon gesagt, es gibt in der deutschen Literatur keinen Text, der häufi-

dere Psalmen. Aus dem Hebräischen und mit einem Nachwort von A. S., 1995.

13 Die ungezählten, bekannten Psalmenübersetzungen, -deutungen und -meditationen führe ich nicht einzeln an. Ich verweise nur auf die von Paul Konrad Kurz herausgegebene Anthologie: Psalmen vom Expressionismus bis zur Gegenwart. Freiburg, Basel, Wien 1978 und auf die jüngste dieser Meditationen, auf Kurt Marti: Die Psalmen. Annäherungen. Stuttgart 2004.

ger und genauer übersetzt worden wäre« als die Psalmen.[14] So hat er die alten Texte nicht nochmals mit philologischem Ehrgeiz übersetzt, sondern, orientiert an der hebräischen Vorlage, »ein Drittel davon [...] in eine Sprache übertragen [...], die keine kanonische Geltung beansprucht: meine Sprache«. Da dieses individualisierende Experiment einer Anverwandlung traditionsbelasteter Texte an die Sprache der Gegenwart die Lebensformeln der Sakralsprache (in bewußt konfessioneller, das heißt lateinischer und deutscher, Mischung) mit den Lebensformeln des Autors verbindet, taugt es als Basis einer neuen Spiritualität. Es taugt, wie ich aus eigener Erfahrung bezeugen kann, zu einer neuen Spiritualität von Gemeinschaften ebenso wie von Einzelnen.[15]

4. Von der Vergänglichkeit des Lebens

Was mit dieser etwas komplizierten Erklärung gemeint ist, läßt sich an einem Beispiel anschaulich machen. Den Psalm 90 (den einzigen in der Bibel Mose zugeschriebenen Psalm), der von der schmerzhaften Vergänglichkeit des Lebens spricht und von der Ahnung des Ewigen inmitten der enteilenden Zeit, hat Romano Guardini als ein Lied von schwermütigem Ernst bezeichnet.[16] Es ist sicher eines der schönsten Lieder dieser an Schönheit reichen Liedersammlung und, durch Luthers Übersetzung, auch dasjenige Lied des Psalters, das in deutsche Segenssprache am tiefsten eingewurzelt ist.

14 Stadler, Psalmen, S. 112. Das folgende Zitat ebd., S. 117.

15 M. Dr. Benedikta Hintersberger OP vom Dominikanerinnen-Kloster St. Ursula in Augsburg danke ich dafür, daß Sie mir zuerst diese Psalmenübersetzung nahegebracht hat.

16 Romano Guardini: Weisheit der Psalmen. Meditationen. In: Romano Guardini: Werke hg. von Franz Henrich. Mainz und Paderborn 1987, S. 233.

Ich zitiere nur wenige Verse, zunächst in der adaptierten Übersetzung Martin Luthers:

»(7) Das macht dein Zorn, daß wir so vergehen, und dein Grimm, daß wir so plötzlich dahin müssen. (8) Denn unsre Missetaten stellest du vor dich, unsre unerkannte Sünde ins Licht vor deinem Angesichte. (9) Darum fahren alle unsere Tage dahin durch deinen Zorn; wir bringen unsre Jahre zu wie ein Geschwätz. (10) Unser Leben währet siebzig Jahre, und wenn's hoch kommt, so sind's achtzig Jahre, und wenn's köstlich gewesen ist, so ist es Mühe und Arbeit gewesen; denn es fähret schnell dahin, als flögen wir davon. (11) Wer glaubt aber, daß du so sehr zürnest, und wer fürchtet sich vor solchem deinem Grimm? (12) Lehre uns bedenken, daß wir sterben müssen, auf daß wir klug werden.«[17]

In Arnold Stadlers Übertragung lauten diese Psalmverse:

So vergehen wir vor dir,
werden in deiner Gegenwart zu nichts.
Du siehst unsere Vergänglichkeit im Licht deiner
Unvergänglichkeit.
Alle unsere Tage gehen vor dir dahin.
Unsere Zeit hauchen wir aus wie ein Aufstöhnen,
das ist alles.
Unser Leben dauert vielleicht siebzig
Jahre, wenn es hochkommt, sind es achtzig.
Noch das schönste daran ist
nichts als Schmerz.
Das Leben ist kurz und schmerzlich.

17 Psalm 90, 7-12.

Einmal das Dorf hinauf und hinunter:
So sind wir unterwegs.
Wer kennt deine Gewalt?
Wer hat Angst vor dir?
Lehre uns unsere Tage zu zählen,
daraus werden wir gescheit –
und unser Herz wird weise.«[18]

Der 10. Vers dieses Psalms, jenes lutherische »unser Leben währet siebzig Jahre, und wenn's hoch kommt, so sind's achtzig Jahre [...]«, ist unschwer auch in der Übertragung durch Arnold Stadler erkennbar. Die sprichwörtlich gewordenen Verse hat er im Kern beibehalten. Dann aber folgt die aus eigener Erfahrung gewonnene Beschreibung des kurzen Lebensweges, und sie ist nicht weniger eindrücklich als Luthers Halbvers: »Einmal das Dorf hinauf und hinunter: So sind wir unterwegs.« Arnold Stadler hat mehrfach in seinen Reden und Essays davon berichtet, daß er dieses Bild aus mündlicher Überlieferung kenne, daß es tief im Bewußtsein der Menschen seiner Heimat verwurzelt war: »Ich hörte von einer Frau im Dorf [an anderer Stelle wird berichtet, sie sei damals 95 Jahre alt gewesen],[19] daß ihr Großvater kurz vor seinem Tod (um 1900) gesagt habe, daß das Leben (trotz allem) kurz gewesen sei, so kurz wie einmal das Dorf hinauf und hinunter.« Durch solche Versatzstücke, anachronistisch

18 Stadler, Psalmen, S. 64 f.

19 Brief auf den Heuberg. In: Arnold Stadler: Volubilis oder Meine Reisen ans Ende der Welt. Erzählungen. Eggingen 1999, S. 76: »Daß es – das Leben – wie einmal das Dorf hinauf und hinunter ist, wie ich von einer Fünfundneunzigjährigen hörte? ›Daß du‹, wie es ein verstorbener Freund aus meinem Dorf sagte, ›ums Rumluege nimme numluege kaschd‹?«

eingesetzt, stellt der Autor dieser Übertragung Zeittiefe her für eine erinnerungslose Gegenwart und belegt zugleich im Kontext des 90. Psalms die in Jahrtausenden immer gleiche Tiefe der Empörung und der Trauer um das Skandalon des Todes.[20]

5. *Der Stadler-Ton*

Schon im Urtext sind die über Jahrhunderte hin (von David bis Esra) entstandenen Psalmen erfüllt vom Leben, der Trauer und der Freude eines Volkes, das sich im Bunde weiß mit seinem Gott. Sie sind vom Atem des Lebens erfüllt, von Verzweiflung und Freude, von Klage und Lobpreis. Daß er ihnen diesen Atem nicht ausgetrieben hat, sondern sie mit *seiner* Freude und *seiner* Verzweiflung, mit dem Atem *eines* heutigen und *jedes* heutigen Lebens erfüllt hat, das ist Arnold Stadlers Übertragungsleistung. Die Psalmen, sagt er, »orientieren sich nicht an einer der Regelpoetiken unserer Breiten, sondern am Herzen eines aufgewühlten oder begeisterten, enthusiastischen oder deprimierten, hilflosen oder dankbaren, immer aber: Menschen, der nach Worten sucht und sie (meist) findet«.[21] Die Mischung aus Sakral- und Lebensformeln, aus Zitat und Aneignung, aus Literatur und Meditation, aus Hochsprache und Anklängen an die Mundart ergibt einen eigentümlichen Ton: Lebenston, Atemton, Stadlerton! »Das ist ein Ton. Aufrufend, anrufend« – so beginnt bekanntlich Martin Walsers Besprechung von Arnold Stadlers Roman »Mein Hund, meine Sau, mein Leben« im August 1994. »Man sollte das vielleicht nicht lesen wie einen Titel, der et-

20 Vgl. etwa Stadler, Erbarmen mit dem Seziermesser, S. 183; Arnold Stadler: Sehnsucht. Versuch über das erste Mal. Roman. Köln 2002, S. 269 u. ö.

21 Stadler, Psalmen, S. 114.

was bezeichnet...«, fährt Walser fort. »Ich habe das Gefühl, als müsse man nach jedem dieser Titelwörter zuerst einmal wieder Atem holen. Und damit wäre man schon im Rhythmus dieser Prosa.«[22] Ähnlich steht es um Stadlers Übertragung der Psalmen. Sie sind nicht wortgetreu, nicht geglättet und nicht harmonisch, nicht litaneiartig, sie sind nicht psalmodierend übertragen, sondern der Situation ihrer Entstehung nahe. Die Brüche, die Pausen, die Widersprüche sind nicht nur in der Intonation, sondern auch in der Sprache betont. »An mancher Stelle«, sagt Arnold Stadler über seine Vorlage, »vernehme ich noch den schnellen Atem, die Atemlosigkeit, die Empörung und den Schmerz dessen, der da spricht, nein: schreit.« Die Sprachbrüche beziehen die Glaubens-, die Meditations- und die Übersetzungsgeschichte der Psalmen mit ein. Seit Johann Gottfried Herders Schrift »Vom Geist der ebräischen Poesie« (1782) ist diese Lyrik als der Wurzelgrund der deutschen Literatursprache benannt. Klopstock, meint Herder, habe »uns Deutschen zuerst den wahren Ton des Ebräischen Psalms näher gebracht [...]. Die simpelsten seiner Oden, insonderheit in aufgelösten Zeilen, sind Töne aus Davids Harfe [...].«[23] Doch insgesamt spiegelt die Aneignungsgeschichte der Psalmen die Herausbildung einer ebenso vielfach gebrochenen und mit sich selbst im Streit liegenden europäischen Identität aus jüdischen, antiken und christlichen Wurzeln.

»Ach, Herr, bring doch Hilfe! / Ach, Herr, gib doch Gelingen! / Gesegnet sei er, der kommt im Namen des Herrn« – heißt es in Psalm 118 im Wortlaut der Einheits-

22 Walser, Das Trotzdemschöne, S. 148.

23 Johann Gottfried Herder: Schriften zum Alten Testament. Hg. von Rudolf Smend. Frankfurt am Main 1993, S. 1214.

übersetzung. Bei Stadler aber ist zu lesen: »Herr, hilf doch! / Ach, Herr, laß es doch gutgehen! *Benedictus qui venit in Nomine Domini!*« Der geläufige lateinische Vers mitten im deutschen Text erzählt die Geschichte der lebensvollen und spannungsreichen und gelegentlich auch gewaltsamen christlich-christologischen Deutung der Psalmen. Vor den Fluchpsalmen, meint Arnold Stadler, versagten christliche »Heimholungsversuche« ohnehin.[24] Doch unmittelbar neben solch plastischen Reminiszenzen des Autors an seine Introibo-Zeit, finden sich sogar Bildungszitate, mit neuem Leben erfüllt. »Denke ich an Gott, muß ich seufzen«, heißt es in Psalm 77, »sinne ich nach, dann will mein Geist verzagen.« Bei Arnold Stadler lautet dieser 4. Vers: »*Denk ich an Gott bei Nacht, / dann bin ich um den Schlaf gebracht!* Meine Seele will verzweifeln.« Nicht ohne provozierende Absicht ist Heinrich Heines berühmtes Wort aus den im Exil entstandenen »Nachtgedanken« dem Psalmtext einmontiert, wobei eine doppelte Quellenbrechung entsteht, weil Heines Gedicht ohne den von ferne anklingenden Psalm kaum zu denken ist:

»Denk ich an Deutschland in der Nacht,
Dann bin ich um den Schlaf gebracht,
Ich kann nicht mehr die Augen schließen,
Und meine heißen Tränen fließen.«[25]

24 Stadler, Psalmen, S. 115. Zu den Bildungszitaten vgl. auch ebd., S. 41, Psalm 39: »Viel Lärm um nichts«.

25 Heinrich Heine: Historisch-kritische Gesamtausgabe der Werke. Hg. von Manfred Windfuhr. Bd. 2: Neue Gedichte bearbeitet von Elisabeth Genton. Hamburg 1983, S. 129.

In einem einzigen Vers, dessen Wortlaut vom Urtext so weit nicht abweicht, ist die ganze Geschichte der jüdischen Assimilation in Deutschland aufgerufen, die schließlich mit Moses Mendelssohns Psalmenübersetzung 1783 begonnen hat. Sie suchte den Gebildeten unter den Deutschen die Schönheit hebräischer Poesie zu belegen, Aufklärung und Vernunft dieser Verse.[26] »Ich denk' an Gott, und bin betrübt: Ich sinne nach; verschmachte«,[27] übersetzt Mendelssohn. Doch nicht Mendelssohn wird von Arnold Stadler zitiert, sondern Heinrich Heine und damit das prototypische Schicksal des Dichters im Land der Zerrissenen, der Fachmenschen, der Barbaren, das schon von Hölderlin beschriebene Schicksal der fühlenden Seele im Land der kalten Herzen:

»Seit ich das Land verlassen hab',
So viele sanken dort in's Grab,
Die ich geliebt – wenn ich sie zähle,
So will verbluten meine Seele.«[28]

Mir scheint, daß Arnold Stadler, der als Symbol zerstörter Landschaft so oft den verwüsteten »Heimatfriedhof« beschrieben hat, bei der Übertragung von Psalm 77 auch an diese Strophe eines Dichters gedacht hat, der die Entterritorialisierung des Heimatbegriffes auf die Formel vom »portativen Vaterland« gebracht hat. Ein »portatives [ein tragbares] Vaterland« hat Heine die Thora genannt und damit (exempla-

26 Vgl. Die Psalmen. Übersetzt von Moses Mendelssohn. Hg. von Walter Pape. Mit einem Nachwort von Walter Pape und Gideon Toury. Berlin 1991, S. 231.

27 Die Psalmen übersetzt von Moses Mendelssohn. Berlin 1783, S. 180.

28 Heine, S. 130. 8. Strophe der »Nachtgedanken«.

risch für die durch die Zeiten hin zu Tausenden aus ihren Vaterländern vertriebenen und verbannten Menschen und Völker und Dichter) »die Grenzen zwischen Heimat und Fremde in einem anderen als dem geographischen Raum gezogen, in jenem ›geistigen Raum‹, als den Hugo von Hofmannsthal in seiner Rede von 1927 ›das Schrifttum‹ einer Nation bezeichnete«.[29]

Neben Zitatbewahrung und Zitatentstellung – den hier souverän angewandten Methoden moderner Poesie – sind Anschaulichkeit und Plastizität jene Merkmale von Stadlers Übertragung, die sie unserem Zeitgefühl (jedenfalls dem meinen) näherstellen. Die Stimme dieses Psalmisten (eine Doppelstimme, die neue Stimme die alte überschneidend) ruft nicht »aus der Tiefe« zum Herrn, sie schreit »von ganz unten« (Ps. 130). Nicht aus den »Ängsten der Unterwelt« ruft da ein Mensch, der in Todesangst gefangen liegt, um Errettung: »Ich saß im Dreck / Da schrie ich zu Gott. Rette mich! schrie ich.«[30] Die vielfältigen Anklänge an die Alltagssprache unserer Gegenwart, die hier gebraucht werden, gehören zu dieser Anschaulichkeit. Wenn es in der Einheitsübersetzung hießt: »Denn ein Mund voll Frevel, / ein Lügenmaul hat sich gegen mich aufgetan« (Ps. 109), so ist bei Stadler der »Mund voll Frevel« durch »ein böses Maul« wiedergegeben. Und im selben Psalm werden nicht die »Gläubiger« herangerufen, die allen Besitz des Lügners an sich reißen, nicht »die Fremden«, die ihn plündern sollen, nein – es heißt:

29 Jan Assmann: Das kulturelle Gedächtnis. Schrift, Erinnerung und politische Identität in frühen Hochkulturen. München 1992, S. 213 f.

30 Psalm 115, 3-4. Vgl. Stadler, Psalmen, S. 84, vgl. auch S. 27 und S. 67 sowie S. 16 »das Dreckpack«.

»Die Banken sollen alles an sich reißen,
Der Mob soll plündern, was noch da ist.«[31]

So gibt es hier auch einen Gott, der »die Fremden [...] schützen [wird] / vor der Fremdenpolizei«, der »die Randfiguren des Lebens, alle / die ohne Lebensversicherung leben, / wird [...] leben lassen«.[32] Diesem Gott, von dem es bei Luther heißt, daß er nicht Lust hat »an der Stärke des Rosses noch Gefallen an eines Mannes Schenkeln«, kann man bei Stadler (in genialer Aneignung des Urtextes) »mit Pferdestärken [...] nicht imponieren / Und auch von Olympischen Spielen hält er nichts. / Er will nichts anderes vom Menschen, nur soviel: / daß sie wissen, / daß er da ist«.[33]

6. Eine Passionsgeschichte

Arnold Stadler wird häufig als ein Autor beschrieben, der, aus dem »Hinterland der Erinnerung«[34] kommend, Passionsgeschichten schreibt. Er selbst behauptet sogar, nur an einer einzigen Passionsgeschichte zu schreiben. »Aber es ist eine sehr merkwürdige, sehr individuelle Passionsgeschichte, wo sich alles, vielleicht nicht im Tod, aber im Gelächter auflöst.«[35] So ist es nicht verwunderlich, daß das siebzehnjährige, in seiner ausweglosen Liebe sich dem Tode anvertrauende Vrenchen aus Gottfried Kellers Seldwyler Erzählung »Romeo und Julia auf dem Dorfe« seine »Lieblingsheldin in der

31 Psalm 109, 2 und 11. Vgl. Stadler, Psalmen, S. 78 f.
32 Psalm 146, 9. Stadler, Psalmen, S. 104.
33 Psalm 147, 10-11. Stadler, Psalmen, S. 106.
34 Stadler, Volubilis, S. 113.
35 Es gibt keine Brezeln mehr. Gespräch mit Klaus Nüchtern in der DuMont-Koje. Frankfurter Buchmesse 1999. In: Stadler, Erbarmen mit dem Seziermesser, S. 189.

Dichtung« ist.[36] Friedrich Spee von Langenfeld ist seine »Lieblingsgestalt in der Geschichte«, der in Trier begrabene Jesuit, der in jungen Jahren schon schlohweiße Haare hatte, weil er als Beichtvater von der Hexerei angeklagten Frauen die Entsetzlichkeiten der Folter und die Gewissensqualen der gemarterten Opfer anhören mußte, weil er Trost und Vergebung spenden mußte, wo es nichts mehr zu trösten gab und wo nichts zu vergeben war. Einen Dichter der »Untröstlichkeiten« hat Heinrich Böll den Verfasser der *Cautio criminalis*, der Schrift gegen die Hexenverfolgung, genannt. Diese Streitschrift hat den Frauen zurückgegeben, was ihnen Prozeß und Folter und Hinrichtung genommen haben: Gesicht und Namen. Ich bin versucht, Arnold Stadler diesem Orden der »untröstlichen« Dichter einzureihen, nicht den Tröstern und nicht den Trostlosen, sondern den Untröstlichen, weil er der Verzweiflung und der leisen Hoffnung wider bessere Einsicht, der Sehnsucht als der Grundgestalt des Menschlichen, Gestalt und Stimme gegeben hat. Doch Stadler wurde schon von Martin Walser seinem Orden der »Sprachmenschen« zugezählt, dem Lesende und Schreibende gleichermaßen angehören. Dieser Orden hat große Ähnlichkeit mit dem der Untröstlichen. »Ich bin froh, Arnold Stadler in der Sprache begegnet zu sein, weil seine Art, Sprachmensch zu sein, mich erleben läßt, wie unterhaltend es sein kann, der Verzweiflung die Schau zu stehlen.«[37]

Auch für dieses Lachen (oder wenigstens das Lächeln) gegen alle Verzweiflung hat Arnold Stadler Eideshelfer gefunden, Johann Peter Hebel und Adalbert Stifter gehören zu ihnen.

36 Stadler, Erbarmen mit dem Seziermesser, S. 94.
37 Martin Walser: Über das Verbergen der Verzweiflung. In: DER SPIEGEL 29, 1999, S. 162.

Wie bei allen Modernen ist auch seinem Schreiben »ein langes Lesen« vorausgegangen. »Das erste Buch«, heißt es in Stadlers Antrittsrede als Mitglied der Deutschen Akademie für Sprache und Dichtung, »das ich gelesen habe, und von dem ich zehrte, war *Der Nachsommer* – das Geschenk meines gelehrten Großonkels, der allerdings kein Psychologe war – oder gewesen sein kann: Adalbert Stifter! – Ja, ich hatte einen Selbstmörder als Lebenshilfe.«[38] Ein Buch also, das bis heute der Langeweile verdächtig ist, für dessen nicht berufsbedingte Lektüre Friedrich Hebbel dem Leser die Krone Polens versprochen hatte, das aber, unter der Wucht des beginnenden naturwissenschaftlichen Zeitalters, sprachlich an der schmalen Grenze von Sprachvertrauen und Sprachverzweiflung angesiedelt ist und mitteilt, welches (übermenschliche) Maß an sittlicher Energie der Mensch aufzubringen hat, wenn er in den Beschleunigungsturbulenzen der Moderne nicht versinken, wenn er nicht zum Gegenstand zynischer Selbstbespiegelung werden will – ein solches Buch steht am Anfang dieses Schriftstellerlebens.

7. Apokalypsen

Daß viele von Stadlers Lebenshelfern (wie eben Stifter) in ihrem Werk ein landschaftliches Element bewahren, daß sie längst untergegangene Landschaftsbilder und Landschaftstöne überliefern, wird nur den verwundern, der das schwäbische Pathos Friedrich Schillers hochsprachlich intoniert und es dadurch nationalistischen Mißverständnissen aussetzt, der die alemannische Herkunft der Werke Hölderlins, Mörikes, Uhlands, Hebels nationalliterarisch umzulenken trachtet oder sie stammesgeschichtlich-ideologisch mißdeutet. Friedrich Hölderlins »Hälfte des Lebens« (1802), die Strophe der spät-

38 Stadler, Erbarmen mit dem Seziermesser, S. 13.

sommerlichen Erfüllung und die der winterlichen Erstarrung, hat Stadler anders gelesen als die gelehrten Kommentatoren des Dichters. *Sie* haben darin Gedanken des Heraklit, des Pseudo-Longinus und des Philon von Alexandrien entdeckt, *er* hat sie konkreter, landschaftlich gebundener und dadurch lebendiger gedeutet:

»Mit gelben Birnen hänget
Und voll mit wilden Rosen
Das Land in den See,
Ihr holden Schwäne,
Und trunken von Küssen
Tunkt ihr das Haupt
Ins heilignüchterne Wasser.«

Auch Arnold Stadler, Theologe wie Hölderlin, wird das Bild der Schwäne und die Rede von der heiligen Nüchternheit (ὅτι κἂν βακχεύμασι νήφειν ἀναγκαῖον, *daß es notwendig ist, auch in der Trunkenheit nüchtern zu bleiben*)[39] auf das Tun der Dichter beziehen, aber der »See«, der unkommentierte und von den Interpreten seltsam gleichmütig hingenommene »See«, wo liegt dieser See? Bei Arnold Stadler bekommt das eher abstrakte Bild von den Wassern des Lebens Anschauung und Farbe: tatsächlich könnte *der* See gemeint sein, der Bodensee, das Land am See, durch das der Schwabe Hölderlin gereist ist. »Das ist alles, was ich noch weiß«, heißt es in Arnold Stadlers Erzählung »Auf der Durchreise«. »Es gibt nichts als Erinnerungen. Noch eine Lieblingsstelle am See. Hölderlins See. Auch er war nur auf der Durchreise, aber

39 Friedrich Hölderlin: Gedichte. Hg. von Jochen Schmidt. Frankfurt am Main 1992, S. 837 (Kommentar), Text S. 320.

wie!« Und dann folgen die beiden Strophen von »Hälfte des Lebens«.[40]

Arnold Stadlers Deutung von Johann Peter Hebels Gedicht »Die Vergänglichkeit«, zuerst 1997 erschienen[41], dann 2002 in gekürzter Fassung als Nachwort in die Anthologie »Tohuwabohu« aufgenommen, ist die Entdeckung einer Apokalypse in einem an solchen Entdeckungen reichen Werk. Der Weltenbrand, das Ende aller Zeiten, wird hier vom Vater einem Kind erzählt, damit es inmitten von Schönheit und Sonnenlicht die Vergänglichkeit als den Grundriß des Menschlichen nicht vergißt:

»Und wemme nootno gar
zweytusig zehlt, isch alles z'semme g'keit.
Und s'Dörfli sinkt no selber in si Grab.
Wo d'Chilche stoht, wo's Vogs und 's Here Hus,
goht mit der Zit der Pflug –«

»Z'semme g'keit« lautet das Stichwort der apokalyptischen Szenerie, mit »eingestürzt« übersetzt es Arnold Stadler, wohl wissend, daß solche Dialektworte, Worte einer »anderen« Sprache, nicht übersetzt werden können. »Ich stoße auf einen einsamen Menschen«, sagt Arnold Stadler über Johann Peter Hebel, »der vor bald zweihundert Jahren im gerade erst gegründeten Karlsruhe sitzt und sich das Ende Basels wie der Welt ausmalt. Er weiß nicht, wie's weitergeht, aber die Macht des Bildes ist gewaltig. Und eine Sprache gefunden hat er auch – dafür: wie man einem Kind sagt, daß man nicht sagen

40 Stadler, Volubilis, S. 115f.

41 Johann Peter Hebels Unvergänglichkeit. Beigefügt: Johann Peter Hebel: Die Vergänglichkeit. Stuttgart 1997.

kann, wie ratlos nur ein Mensch sein kann.« Dieses »z'semme g'keit« ist für den Interpreten ein hartes, ganz und gar verständliches Wort, es ist ein steinernes Wort, ein »Fanalwort [...] vor und nach jeder Katastrophe«.[42] Und trotzdem – so hat Arnold Stadler erkannt – klingt in dem nächtlichen Weggespräch zwischen Vater und Sohn, zwischen dem Aetti und dem Buben, tröstlich und leise hoffend Psalm 23 an. Aus Menschenliebe, »um der Verzweiflung die Schau zu stehlen«, brechen die Untröstlichen unter den Dichtern die Beschreibung des Untergangs ab und löschen den Schimmer der Hoffnung *nicht* aus. Eine Unheilsprophetin nennt Arnold Stadler in einem solchen Zusammenhang Marie Luise Kaschnitz, welche jedoch die »Vision [vom Erlöschen allen Lebens in ihrer ›Beschreibung eines Dorfes‹] widerruft, aus Liebe zu dieser Welt«.[43] Aus Liebe zu dieser Welt scheint sich Hebel in seinem apokalyptischen Gedicht des Psalms 23 zu erinnern: »Auch wenn ich durch die Nacht muß – ich habe keine Angst, denn da bist du. Dein Stab und Stecken sind mein Trost.« Aus Liebe zu dieser Welt stockt in den Psalmen deren Unheilston und wandelt sich jäh in Hoffnung und Dank:

»Ich will meinem Gott singen mein Leben lang.
Spielen ihm, solange ich da bin.
Möge ihm mein Dichten gefallen.
Ich freue mich an meinem Gott.« (Ps. 104)

In den Psalmen, auch in der Übertragung Arnold Stadlers, bleibt die Hoffnung, *jetzt* schon behütet und gerettet zu wer-

42 Stadler, Tohuwabohu, S. 369f. u. ö. Hebels Text (mit der hochsprachlichen Übersetzung von Arnold Stadler) ebd., S. 350–359.
43 Stadler, Erbarmen mit dem Seziermesser, S. 31.

den, von einem Herrn und Gott, der »so gut [ist] wie der Himmel weit ist und treu bis zu den Wolken« (Ps. 108). Schließlich ist sogar die Apokalypse genannte »Geheime Offenbarung« des Neuen Testaments kein Drohbuch, sondern ein Trostbuch für die frühen Christen der römischen Provinz Asien in der Domitianischen Verfolgung.

ZU DIESER AUSGABE:

insel taschenbuch 3112: Der Text folgt der gebundenen Ausgabe: »Die Menschen lügen. Alle« und andere Psalmen. Aus dem Hebräischen übertragen und mit einem Nachwort versehen von Arnold Stadler. © Insel Verlag Frankfurt am Main und Leipzig 1999. Wolfgang Frühwalds Laudatio auf Arnold Stadler bei der Verleihung des Stefan Andres-Preises am 3. Juli 2004 in Schweich »Eine Sehnsucht, die Sprache wurde« erschien erstmals (gekürzt) im RHEINISCHEN MERKUR (Nr. 30, 2004).